D1099574

LA QUÊTE
D'EWILAN

LA QUÊTE D'EWILAN

D'UN MONDE À L'AUTRE

Pierre Bottero

RAGEOT

Carte : Jean-Louis Thouard

ISBN 978-2-7002-3170-0
ISSN 1772-5771

Et l'enchanteur,
maître des mots et des fleurs,
naquit,
enfant sage au milieu des tumultes.

C. B.

L'AUTRE MONDE

Île des Nimurdes

SEPTENTRION DES GÉANTS

OCÉAN DE GLACES

ROYAUME RAÏS

MER DES BRUMES

Marais d'Ankaï

Kür N'Raï

l'œil d'Otolep

Forêt Maison des Petits

Frontières de Glace

CHAÎNE DU POLL

Citadelle des Frontaliers

AL-POLL

plaine de Shaal

Pellimage

Plateaux d'Astariul

Ombre

Sinumil

Tintiane

AL-Far

GWENDALAVIR

Gour

La Loubre

Jungle d'Hulm

Montagnes de l'Est

Grande Faille

Forêt d'Ombreuse

Plateau de l'Est

AC CHENN

AL-Cherr

Forêt de Barail

PAYS FAEL

collines de Taj

Ferian

L'Arche

Al-Jeit

Vÿ

Pellimage

Passe de la Goule

DÉSERT DES MURMURES

Illuin

Ondiane

Al-Vor Grands Plaines

N

GRAND OCÉAN DU SUD

Archipel Alines

50 Km

EWILAN

1

Camille était âgée exactement de quatre mille neuf cents jours, soit un peu plus de treize ans, la première fois qu'elle effectua « le pas sur le côté ».

Elle en était certaine, puisque c'est au moment où elle entreprenait des calculs savants pour connaître son âge avec précision qu'elle descendit du trottoir sans s'en rendre compte et se retrouva au milieu de la chaussée face à un énorme camion. Elle fut tirée de sa rêverie mathématique par le mugissement du klaxon.

Le poids lourd fonçait droit sur elle, tous freins bloqués. Les pneus malmenés hurlaient, leur gomme fumante essayant vainement d'arrêter les trente tonnes du monstre.

Camille se figea sur place, incapable du moindre mouvement, tandis que son esprit de jeune sur-douée analysait la situation.

Malgré elle, elle nota qu'il était remarquablement stupide de passer les dernières secondes de sa vie à regarder arriver un camion. Son irrépressible curiosité l'empêcha de fermer les yeux et elle n'eut pas le temps de crier, ce qu'elle aurait adoré faire…

… Non, Camille ne cria pas, elle se prit simplement les pieds dans une racine et tomba de tout son long dans l'herbe, le nez à quelques centimètres d'un superbe bolet.

– Boletus edulis, remarqua-t-elle à haute voix, car elle était friande de champignons et parlait volontiers le latin.

Un petit scarabée à la carapace bleu turquoise passa près de son visage. Il se dirigeait vers le tronc de l'énorme pin qui les dominait et Camille le suivit distraitement des yeux. Elle ne se trouvait plus au milieu de la chaussée, mais dans une forêt plantée d'arbres immenses !

C'est alors qu'après un magnifique vol plané, un chevalier en armure s'aplatit à côté d'elle dans un impressionnant bruit de casseroles. Camille commença à penser que quelque chose ne tournait pas rond.

Elle s'assit, tandis qu'à côté d'elle le chevalier se redressait avec difficulté, compte tenu du poids de son armure et du choc qu'il venait d'encaisser.

– Mille milliards de morpions fumants, jura-t-il d'une voix de stentor.

Il se tourna alors vers Camille, sans paraître surpris de sa présence.

– Veuillez m'excuser, demoiselle, la joie du combat m'a fait oublier mes bonnes manières. Il faut avouer que les Ts'liches, quoique fourbes et répugnants, sont de vaillants adversaires, mais n'ayez aucune crainte, je maîtrise parfaitement la situation.

Camille, abasourdie, s'apprêtait à proférer une question, mais un hurlement suraigu la glaça de terreur et fit bondir le chevalier sur ses pieds.

Une silhouette gigantesque se matérialisa devant eux, croisement incertain d'une mante religieuse géante et d'un lézard non moins démesuré qui se serait tenu debout sur ses pattes arrière. Un des avant-bras de l'être hybride, prolongé au-delà de sa main par une lame osseuse à l'aspect redoutable, s'abattit en un meurtrier arc de cercle.

Le chevalier para le coup avec son impressionnante hache de combat et, sous l'impact, recula de trois bons mètres.

La créature le suivit d'une démarche fluide et le frappa derechef.

Le chevalier contra à nouveau l'assaut, réussissant cette fois à ne pas faire plus d'un pas en arrière puis, à son tour, porta un coup puissant. Le monstre poussa un cri strident et bondit à l'écart avec une fulgurante rapidité. Il plaqua une main hideusement griffue à la base de son cou. L'acier de la hache y avait ouvert une profonde coupure, qui laissait s'échapper un épais liquide vert. Le chevalier voulut profiter de son avantage. En poussant un hurlement de guerre, il passa à l'attaque.

Le premier coup de la créature le désarma, tandis que le second le fit décoller, le précipitant au milieu d'un roncier à plusieurs mètres de là.

Camille grimaça en entendant le fracas de sa chute. Sa grimace s'accentua lorsqu'elle avisa une flaque de sang vert, à peu de distance de ses pieds.

Le liquide gluant la fascina quelques secondes, le temps qu'elle remarque, juste à côté, une pierre bleue au bout d'une chaîne d'argent. Les mailles et le fermoir étaient ciselés avec finesse, mais c'est la pierre qui retint son attention. Parfaitement sphérique, elle avait un aspect irisé, des reflets mouvants et dégageait une fascinante beauté, en totale opposition avec l'agrafe qui la liait à la chaîne et qui reproduisait dans ses moindres détails une main hideusement griffue. La hache du chevalier avait arraché le bijou au cou de son porteur.

D'un geste complètement irréfléchi, Camille tendit le bras et s'en empara. Puis elle leva la tête. Le monstre, qui s'était désintéressé du combat, d'ailleurs compromis faute d'adversaire, la regardait.

Camille sentit son sang se figer dans ses veines. La créature, haute de plus de deux mètres, était drapée dans une étoffe constituée d'anneaux métalliques entrelacés. Ses yeux immenses aux pupilles verticales brillaient d'un éclat sauvage et maléfique, tandis que de sa gueule aux crocs acérés sortait un sifflement inhumain que Camille comprit pourtant clairement.

– Te voici donc, Ewilan. Nous t'avons longtemps cherchée, mes frères et moi, afin d'achever ce qui avait été commencé, mais tu étais introuvable. Et aujourd'hui le hasard nous offre ta mort...

Le monstre bondit en avant avec une effroyable rapidité et...

... Camille n'eut que le temps d'éviter la vieille dame qui arrivait face à elle sur le trottoir.

La femme ne lui accorda pas un regard, beauco
trop captivée par le spectacle du camion immob.
lisé au milieu de la chaussée, une foule de personnes vociférant autour du chauffeur assis par
terre, l'air stupéfié. Camille inspira un grand coup.

Son cerveau fonctionnait à toute allure, essayant
de comprendre un tant soit peu ce qu'elle venait de
vivre. La partie rationnelle de son esprit lui criait
de tout oublier, ou au moins de le considérer
comme un malaise passager accompagné d'halluci-
nations...

Mais voilà, la pierre bleue, toujours serrée dans sa
main gauche, l'en empêchait.

2

– **C**amille, Camille, oh Camille, tu es sourde ?

La voix perça le labyrinthe de pensées dans lequel elle tournait en rond, et Camille leva les yeux. Son interlocuteur était un garçon de son âge et de sa taille.

Il portait une magnifique coiffure de petites tresses, chacune d'elles décorée d'une perle, qui encadrait un visage rond à la peau noire, fendu d'un immense sourire.

– Tu as oublié de te lever ce matin ? On ne t'a pas vue en classe aujourd'hui.

– Salim...

– Qu'est-ce que tu as, ma vieille ? Encore un problème avec tes parents ?

– Salim, je crois que je viens de passer dans un monde parallèle.

Le jeune garçon la regarda avec des yeux ébahis, plissa le nez, se gratta une joue. Un léger tic déforma sa bouche puis, soudain, il éclata de rire. Un rire énorme et irrépressible.

Il lui fallut plusieurs minutes pour reprendre son souffle et il n'y parvint qu'à grand-peine.

– Salim, je ne plaisante pas, je suis vraiment passée dans un monde parallèle.

– Ne t'en fais pas, lança le garçon en se retenant de justesse d'exploser à nouveau, ce sont des choses qui arrivent. Mon frère utilise souvent ce stratagème pour échapper aux Martiens qui le poursuivent.

– Salim, je suis sérieuse ! Tu n'as pas de frère, et… bon sang ! Ça s'est passé pour de bon !

– Pas de soucis, ma vieille, je te crois. Je suis convaincu depuis longtemps que tu ne vis pas dans le même monde que nous !

– Salim, arrête !

– D'accord j'arrête, mais dis-moi d'abord combien font trois cent cinquante-sept fois six cent vingt-neuf.

– Deux cent vingt-quatre mille cinq cent cinquante-trois, pourquoi ?

– Pour rien. Quelle est la capitale du Burkina Faso ?

– Ouagadougou, mais qu'est-ce que…

– T'occupe, qui a inventé le téléphone ?

– Graham Bell en 1876.

– Et un téléphone, c'était quoi, au juste, à cette époque ?

– C'était au départ un transmetteur relié par un circuit électrique à pile au récepteur placé un peu plus loin. Le pavillon acoustique de l'émetteur était muni d'une membrane qui portait en son centre un disque de fer disposé devant un électroaimant. Le récepteur possédait une membrane identique, posée sur un électroaimant cylindrique et...

– Stop, merci ! Je voulais juste être sûr que tu n'étais pas devenue folle.

Camille croisa les bras en regardant son ami dans les yeux. Elle sentait toujours la pierre au creux de sa main, mais elle n'avait plus envie de la montrer, pas même à Salim. Elle la fit tourner une dernière fois entre ses doigts et la laissa tomber au fond de la poche de son jean.

– Ça roule, Salim... Maintenant que tu es rassuré, on se paye une glace ?

– D'acc ma vieille, c'est une idée d'enfer !

– Salim, je ne suis pas ta vieille, j'ai quatre mille neuf cents jours c'est-à-dire exactement quatre mois et dix-huit jours de moins que toi, si je te fais cadeau des heures. Cela dit, pour être vraiment honnête, je ne garantis pas le résultat à cent pour cent, tu sais très bien que je ne suis pas certaine de ma date de naissance.

– Mais...

– Mais quoi qu'il en soit, même si je mets en doute, et je le fais volontiers, ce qu'affirment mes parents, je suis absolument certaine de ne pas avoir plus de quatorze ans. Compris ?

– Je me disais aussi que, pour une vieille, t'es pas mal...

Ils continuèrent à se chamailler en s'éloignant le long du fleuve qui miroitait sous le soleil de mai et atteignirent le parc où ils étaient sûrs de trouver leur marchand de glaces favori.

Derrière eux, sur l'avenue paralysée, les conducteurs commençaient à descendre de leur véhicule. L'attroupement grossissait autour du chauffeur qui refusait catégoriquement de remonter à bord de son camion.

– Je vous dis qu'il y avait une fille sur la chaussée, là, juste devant moi ! hurlait-il. Et elle a disparu tout d'un coup !

Mais Camille et Salim étaient déjà loin.

Un peu plus tard, ils se perchèrent sur le dossier d'un banc en bois. Salim tenait une énorme glace à la fraise dans une main, tandis qu'une balle multicolore virevoltait dans l'autre.

– Tout de même, s'exclama-t-il, je te trouve gonflée d'être allée à la bibliothèque plutôt qu'en cours !

– Ne t'en fais pas Salim, j'ai calculé mon coup !

– Tu n'as pas peur que tes parents s'aperçoivent que tu as séché ?

– D'abord ce ne sont pas mes parents et, honnêtement, à partir du moment où je rapporte de bons bulletins et que je me tiens bien à table, ils se fichent complètement de ce que je fais. Et puis, rassure-toi, c'était exceptionnel.

Camille mordit un bon coup dans son cornet à la vanille. Le froid sur l'émail de ses dents la fit grimacer, mais c'était comme ça qu'elle aimait les glaces et non pas en les suçotant du bout de la langue.

Salim venait de finir la sienne. Il descendit du banc et se campa face à Camille. Il sortit deux balles supplémentaires de son blouson et commença à jongler, à deux mains d'abord puis avec une seule.

– Tu as vu, Ewilan, la classe non ? lança-t-il. Le soir, je m'entraîne avec quatre balles, bientôt je te montrerai ça !

– Comment tu m'as appelée ?

Surpris par le ton de sa voix, Salim laissa tomber ses balles.

– Cool, ma vieille, j'ai sorti ça comme ça, se justifia-t-il en souriant, pas la peine d'en faire un fromage.

– Je veux juste que tu répètes ce que tu viens de dire, Salim, ordonna Camille d'un ton tranchant. Tu dois être capable de te souvenir d'un mot que tu viens de prononcer, non ?

Salim la regarda avec de grands yeux ronds. Elle ne plaisantait pas et la scène offrait un contraste saisissant avec le caractère posé et enjoué qui était habituellement le sien.

– Ewilan, je t'ai appelée Ewilan. J'ai sans doute piqué ça dans un film ou dans une BD, mais si ça te fait cet effet-là, c'est sûr que je ne recommencerai pas !

Camille l'observa quelques secondes. Les paroles menaçantes du monstre résonnaient encore à ses oreilles. Il l'avait appelée ainsi… Ewilan ! Pourquoi Salim avait-il employé ce nom, juste après qu'il avait été prononcé par cette créature ? Camille se passa la main dans les cheveux.

– Excuse-moi, je me suis un peu énervée, je ne sais pas ce qui m'a pris...

Salim faillit hasarder une plaisanterie, mais devant la mine déconfite de son amie il renonça.

– Je crois qu'il vaudrait mieux que je rentre, ajouta Camille. Je n'ai pas envie de me prendre un savon en arrivant en retard...

Les deux amis se dirigèrent vers le portillon donnant sur l'avenue. Assis sur le dossier d'un banc, cinq adolescents les toisèrent alors qu'ils passaient devant eux.

– Oh le nègre, c'est quoi cette coiffure de fille ?

Celui qui avait parlé était un grand échalas, vêtu d'un pantalon trop large de trois tailles et d'un tee-shirt informe.

Les autres éclatèrent d'un rire mauvais.

Salim les ignora, alors que Camille, outrée, ralentissait.

Son ami la prit par le bras pour l'inciter à avancer plus vite. Elle résista.

– T'as peur qu'on te bouffe ta copine, le nègre ?

Camille ouvrit la bouche pour répliquer, mais Salim l'entraîna.

– Viens, murmura-t-il, ça ne sert à rien de discuter.

– Mais...

– Viens je te dis.

Derrière eux, les insultes continuèrent à fuser. Camille enfouit les mains dans ses poches.

– Quelle bande de débiles pollués du bulbe ! lança-t-elle, pourquoi tu n'as pas voulu que je leur rabatte le caquet ?

– Parce qu'ils n'attendaient que ça, qu'ils étaient plus gros et plus nombreux que nous et aussi parce que j'ai l'habitude de ce genre de bêtises, rétorqua Salim en haussant les épaules.

Il s'était exprimé sur un ton tranquille, pourtant Camille sentit qu'il était blessé et son impuissance la fit grincer des dents. Quand ils se retrouvèrent sur le large trottoir bordant l'avenue, elle se retourna vers le parc.

À une vingtaine de mètres d'eux, les cinq garçons, toujours assis sur leur banc, lui adressèrent une série de gestes vulgaires.

Camille serra les poings. Elle détestait la bêtise surtout lorsque, comme c'est souvent le cas, elle se teintait de méchanceté et de mesquinerie. Elle ferma les yeux, imaginant les cinq imbéciles tombant du banc et se couvrant de ridicule.

Elle avait souvent recours à ce procédé quand elle était exaspérée. De nombreux profs s'étaient ainsi, à leur insu, retrouvés placés dans des situations loufoques ou embarrassantes au gré de ses coups de colère.

Elle imaginait une multitude de petits détails qui la faisaient jubiler et peignait un tableau intérieur d'une rare précision qui la libérait et lui permettait de retrouver rapidement le sourire.

Cette fois-ci, elle se surpassa. L'image mentale qu'elle dressa était d'une telle véracité qu'elle faillit éclater de rire.

À côté d'elle, Salim sursauta. Camille ouvrit les yeux.

Le banc où se tenaient les cinq garçons venait de basculer, les projetant sur l'herbe dans un délicieux enchevêtrement de jambes et de bras.

– Il y a une justice dans ce monde, jubila Salim, tu as vu ce tas de nouilles ?

Camille ne répondit pas. Elle était vaguement inquiète, comme si la situation recélait un danger potentiel...

– C'est vraiment génial, continua Salim. On dirait cinq grosses bouses de vache !

Camille sourit. La joie de son ami était contagieuse. Elle lui tapota cependant l'épaule.

– C'est bon Salim, on y va maintenant. Ils ne vont pas se rouler par terre toute la soirée, juste pour te faire rigoler !

En effet, les garçons se relevaient lentement, l'air davantage meurtri qu'ils n'auraient dû l'être après une chute somme toute bénigne. Deux d'entre eux boitaient tandis qu'un troisième se tenait les côtes en grimaçant.

Camille et Salim se séparèrent un peu plus loin. Salim traversa le fleuve pour rejoindre sa cité. Camille, elle, se dirigea à grands pas vers la tour romaine.

Elle la dépassa au moment où la grosse horloge, à son sommet, sonnait six coups.

Elle savait très bien que ses parents attendaient qu'elle respecte à la lettre les rares consignes qu'ils lui donnaient, en l'occurrence être toujours rentrée avant dix-huit heures. Le châtiment qu'elle encourait en dépassant l'horaire variait en fonction du nombre de minutes de retard. Un quart d'heure n'impliquerait qu'un petit sermon qui, par avance, la laissait indifférente.

Elle était, par contre, beaucoup plus troublée par ce qu'elle venait de vivre. La scène à laquelle elle avait assisté était strictement identique à celle qu'elle avait imaginée et cette similitude ne pouvait être fortuite.

De là à penser qu'elle était responsable du basculement du banc, il n'y avait qu'un pas qu'elle se refusa à franchir.

– Tout doux ma grande, se morigéna-t-elle, tu n'as pas de diplôme de sorcière, que je sache, et la télékinésie n'a pas encore été inventée. Garde les pieds sur terre !

Elle avait prononcé cette dernière phrase à haute voix, signe qu'elle était vraiment troublée. Aucune importance, elle était seule dans la rue.

3

Après la tour romaine commençaient les quartiers cossus de la ville, maisons majestueuses, piscines luxueuses, clôtures en fer forgé. Camille habitait une des plus belles demeures, au cœur d'un jardin ceint de hauts murs.

Elle appuya sur le bouton du vidéo-interphone. Un voyant s'alluma et l'un des battants du portail s'ouvrit. Plongée dans ses pensées, elle remonta l'allée. Les massifs de rosiers étaient en fleurs, mais Camille les ignora. Elle poussa l'imposante porte d'entrée.

Sa mère l'attendait dans le hall.

Mme Duciel était une grande femme sèche, aux cheveux d'un blond très pâle, tirés en arrière. Elle aurait pu être jolie si elle avait appris à sourire et si son regard avait dégagé plus de chaleur. Elle était vêtue d'un tailleur strict, confectionné par un couturier de renom et se tenait droite, les mains jointes dans le dos.

– Eh bien Camille, il semble que vous ayez de réelles difficultés avec l'heure.

– …

– Je constate qu'il est dix-huit heures quinze et que vous avez un quart d'heure de retard. Si on y ajoute les dix minutes que toute jeune fille bien élevée doit retrancher à sa ponctualité, nous arrivons presque à une demi-heure. Qu'avez-vous à dire en guise d'explication ?

Camille n'avait aucune envie de se lancer dans un combat qu'elle savait perdu d'avance. Elle préféra, une fois de plus, faire le dos rond.

– Rien, madame, si ce n'est que je suis désolée.

– Bien. Au moins vous exprimez-vous sans arrogance, ce qui, malheureusement, n'est pas toujours le cas. Vous ne regarderez pas la télévision cette semaine et, de mon côté, je ne parlerai pas de cet écart à votre père. Est-ce entendu ?

– Oui madame.

– Alors vous pouvez vous retirer dans votre chambre. Le repas sera servi à dix-neuf heures trente ce soir, car votre père doit sortir.

Jugeant la conversation close, Mme Duciel se dirigea vers le salon. Camille fut soudain prise d'une envie irrésistible de provoquer cette femme qui cultivait la froideur comme d'autres les bégonias.

– Vous ne voulez pas savoir ce que j'ai fait aujourd'hui ?

Mme Duciel ne se retourna même pas.

– Et si vous appreniez que je ne suis pas allée en classe ?

Mme Duciel s'immobilisa et posa une main sur une fragile commode. Elle tourna lentement la tête vers Camille et lui jeta un long regard scrutateur.

– Je serais, nous serions, très déçus. Nous vous avons beaucoup donné, Camille, soyez donc toujours attentive à vous rappeler vos devoirs. Mais cela n'était qu'une boutade, bien entendu ?

– Bien entendu, affirma Camille avec son plus charmant sourire, et maladroite je le crains...

– Ce n'est rien, allez maintenant.

Camille gagna sa chambre en se demandant pour la millième fois si cette femme qui se prétendait sa mère éprouvait pour elle la moindre affection.

Elle ne se remémorait rien de ses parents, ni de sa petite enfance.

Elle avait appris que les premiers souvenirs conscients d'une personne datent en général de sa troisième année. Or elle ne se rappelait rien avant ses six ans.

Son premier souvenir était par contre très net. Elle revoyait d'une manière précise le bureau du juge qui accordait sa garde à M. et Mme Duciel, ses parents adoptifs. Elle se souvenait de ce qui avait été dit ce jour-là, comme elle se rappelait parfaitement ce qu'elle avait vu, entendu ou lu depuis.

Mais elle avait beau chercher, nulle part dans ses souvenirs il n'y avait trace d'un geste d'amour des Duciel envers elle.

4

Salim, lui, ne fut pas réprimandé pour son retard. À vrai dire, chez lui, on ne remarqua même pas son retour et personne ne se serait inquiété s'il n'était pas rentré de la nuit.

Il habitait dans une cité HLM, séparée du quartier chic où vivait Camille par la largeur du fleuve. Elle aurait pu en être éloignée d'un demi-continent tant la différence était saisissante.

Les façades de la cité Les Peintres étaient régulièrement ravalées par les différentes municipalités, soucieuses du paraître. Il ne s'agissait pas que l'on accuse la petite ville de province, riche de tant de monuments historiques, d'être gangrenée par une banlieue à problèmes... À l'intérieur, c'était une tout autre histoire.

Salim avait toujours vécu aux Peintres, rue Picasso, au onzième étage d'une tour à l'ascenseur régulièrement hors service. Il partageait avec sa mère, ses cinq sœurs et deux de ses cousins un appartement de soixante-dix mètres carrés aux murs si fins que la douche que prenait leur voisin, avant de partir sur le chantier, le réveillait à cinq heures chaque matin.

Salim, depuis qu'il était petit, rêvait d'évasion. Il était doué d'une étonnante souplesse et d'une tonicité exceptionnelle qui auraient fait des merveilles dans un club de gym, s'il y en avait eu un aux Peintres... Il était dynamique, agile et endurant, mais il avait conscience que ces qualités ne lui permettraient pas de fuir sa cité et que, s'il voulait arriver à quelque chose dans sa vie, il lui faudrait beaucoup de courage, de travail et de chance.

Il était courageux, travailleur, et sa chance, il l'avait eue en rencontrant Camille.

Elle n'aurait pas dû se retrouver dans le même collège que lui. Les rares enfants de nantis qui vivaient sur le plateau de la tour romaine étaient inscrits dans de coûteux établissements privés, le collège du coin étant jugé trop mal famé par leurs familles et ouvrant des perspectives scolaires insuffisantes.

Seuls les parents de Camille l'avaient inscrite là, preuve selon Salim qu'ils ne lui prêtaient qu'une attention de façade et n'envisageaient pas de se compliquer la vie pour elle.

Salim essayait, tant bien que mal, de tracer son chemin en classe. C'était une tâche que sa famille, pour qui la réussite scolaire était secondaire, compliquait singulièrement.

Il avait découvert Camille en entrant au collège, trois ans plus tôt. Rien, a priori, ne la distinguait des autres élèves, mêmes vêtements, mêmes affaires, même démarche, mais il sentit aussitôt qu'elle était différente.

Elle était jolie, très jolie, avec d'immenses yeux violets, beaux à vous faire tourner la tête, mais il y avait autre chose. Cette impression fut confirmée dès le premier cours.

Leur prof de maths, un homme entre deux âges, l'air un peu désabusé, entreprit de tester leurs connaissances. Pour la majorité des élèves, ce fut chose accomplie en quelques minutes. Salim tint le coup un peu plus longtemps, mais avec Camille le prof tomba sur un os.

Elle résolut les premiers exercices avec une telle facilité qu'une petite lumière de plaisir étonné s'alluma dans l'œil de l'enseignant. Il corsa ses questions, tendit des pièges ; Camille répliqua avec la même aisance. La classe commença à s'agiter et le prof fronça les sourcils. Il passa au programme de troisième, ce qui ne sembla pas gêner sa nouvelle élève et, si la lumière brillait toujours dans l'œil du prof, elle se teinta d'agacement. Des questions datant de ses souvenirs de fac, auxquelles Camille répondit sans coup férir, lui donnèrent à penser que le phénomène qui lui faisait face était peut-être meilleur que lui en maths. La sonnerie de fin de cours lui enleva la douloureuse possibilité de vérifier cette hypothèse.

Salim profita de l'intercours pour lier connaissance avec Camille et ce premier jour de classe marqua le début d'une indéfectible amitié. Il ne savait pas trop quelles raisons elle avait de le fréquenter, mais il avait l'absolue certitude qu'elle était le génie qui, tôt ou tard, transformerait sa vie. Il avait en elle une confiance inébranlable.

Ce soir-là, quand il rentra chez lui, l'atmosphère lui parut encore plus confinée que d'habitude, presque irrespirable. L'appartement résonnait des piaillements de ses sœurs, des vociférations de la télé que ses cousins regardaient en continu et des cris de sa mère qui piquait une colère à tout bout de champ.

Salim attrapa de quoi grignoter dans le réfrigérateur et essaya de trouver un endroit calme pour faire ses devoirs.

C'était, bien entendu, chose impossible et il se résigna comme tous les soirs à se réfugier sur le balcon. Il s'était aménagé là un recoin à l'aide de cartons, d'un dessus de machine à laver et d'un vieil étendoir déglingué. C'était son domaine et, malgré son caractère paisible, il n'avait pas hésité à distribuer sans compter des claques à toute sa fratrie jusqu'à ce qu'elle comprenne que c'était une zone interdite.

Salim s'installa du mieux qu'il put et ouvrit son livre pour essayer de comprendre le théorème de Pythagore.

Aussitôt son esprit s'échappa vers Camille qui, elle, n'avait certainement pas besoin de réviser quoi que ce soit. Elle n'en tirait aucune fierté et tentait plutôt de dissimuler qu'elle aurait pu, sans aucune difficulté, passer au lycée à la fin de l'année. Salim avait mis du temps à la comprendre.

– Mais pourquoi tu ne leur dis pas que tu sais déjà tout ? s'était-il un jour étonné.

– D'abord je ne sais pas tout, et puis qu'est-ce que ça m'apporterait ?

– Je ne sais pas, moi, la célébrité.

– Bof... Tu te souviens, en sixième, le prof de maths m'a fait la tête toute l'année parce que je lui ai montré ce que je savais, le jour de la rentrée...

– Il était vexé, Camille, oublie-le ! Ça ne te rendrait pas heureuse d'impressionner le collège entier ?

– Je crois, Salim, que je suis aussi heureuse que je peux l'être, pourquoi changer ?

– Mais...

– Si je partais au lycée, on ne se verrait plus. Ça compte, non ?

Salim n'avait rien ajouté. Il était hors de question qu'il perde Camille.

5

Camille, en effet, ne révisait pas. Elle étudiait…

Après un rapide repas, pris avec ses parents dans un silence presque complet car son père était préoccupé, elle s'était réfugiée au premier étage, dans la bibliothèque.

La bibliothèque est l'âme d'une maison, tous les gens de bonne naissance le savent. Il aurait donc été inconcevable aux yeux des Duciel qu'une demeure comme la leur ne comprenne pas une telle pièce, où les hôtes de marque et le maître des lieux se retirent, après le repas, pour fumer un cigare et boire un verre de cognac.

Mais une fois la maison achetée, la pièce dédiée, les Duciel s'étaient aperçus qu'ils n'avaient strictement rien à y ranger.

M. Duciel avait résolu le problème en acquérant aux enchères l'intégralité de la bibliothèque d'un vieux marquis écrasé de dettes. Il avait fait installer les livres dans de beaux rayonnages en bois de noyer et plus personne ne les avait ouverts.

Lorsque Camille avait émis le désir de les consulter, M. Duciel avait hésité, pour la forme, avant d'accepter.

N'ayant aucune idée de ce qu'il avait acheté, il était persuadé que sa fille adoptive avait déniché quelques ouvrages pour la jeunesse qu'elle déchiffrait avec peine. Il l'avait longuement sermonnée sur la valeur des livres, le respect qu'on leur devait, puis s'était, à son habitude, désintéressé d'elle et de ses activités.

Lovée dans un profond fauteuil de cuir, Camille, comme Salim, s'intéressait à Pythagore. Là s'arrêtait la similitude. Camille n'avait aucune difficulté à utiliser le théorème. Curieuse de nature, elle voulait en savoir plus sur ce mathématicien qui avait révolutionné la géométrie. Elle fut étonnée d'apprendre que les renseignements sur sa vie étaient rares, mais alléchants.

Elle avait commencé sa recherche le matin même, à la bibliothèque municipale mais, insatisfaite, la poursuivait chez elle.

Elle venait de trouver son bonheur dans un vieux livre en grec ancien d'Aristote.

Sa famille et ses profs auraient été bien surpris de la voir absorbée dans cet ouvrage puisqu'elle était censée ignorer le grec, mais elle avait toujours jugé inutile de leur révéler qu'elle l'avait appris comme le latin, seule, sans réelle difficulté et avec beaucoup de plaisir.

Elle découvrait que Pythagore, non content d'avoir donné son nom à un théorème et à de célèbres tables, avait été, de son vivant déjà, une figure de légende, peut-être fils d'Apollon, faiseur de toutes sortes de miracles.

Elle était plongée dans un passage captivant lorsqu'un bruit, à l'extérieur, lui fit lever la tête. Elle écouta attentivement quelques secondes, puis reprit sa lecture.

Un instant plus tard, le bruit, une sorte de chuintement ponctué de légers cliquetis, retentit à nouveau. Doucement, elle se leva et se dirigea vers la fenêtre.

On entendait souvent parler de cambriolages dans les quartiers aisés, mais la maison entière était truffée d'alarmes et, le soir, on laissait libres dans le jardin Sultan et Gengis, deux énormes molosses que Camille n'avait jamais trouvés sympathiques. La présence d'un rôdeur était donc improbable. Le bruit, pourtant, se fit entendre une troisième fois.

Camille frissonna. La maison lui parut soudain déserte, la nuit hostile, le monde glacé. Il lui fallut un effort de volonté pour s'approcher de la vitre. Sous la lumière de la lune, les massifs d'ornement, entretenus avec méticulosité, se découpaient en taches sombres sur le fond plus clair de la pelouse descendant en pente douce jusqu'à la piscine. Plus loin, la pinède soigneusement reconstituée formait un écran impénétrable entre la maison et la rue.

Camille baissa les yeux.

Au moment précis où son regard découvrait une forme noire tapie au pied du mur, un tentacule jaillit vers elle à une vitesse ahurissante.

La fenêtre explosa en projetant dans la pièce une multitude d'éclats de verre.

L'alarme se déclencha immédiatement dans un hurlement strident.

Sultan et Gengis se précipitèrent sur la chose en aboyant furieusement.

Avec une rapidité qu'elle ignorait posséder, Camille s'était rejetée en arrière une fraction de seconde avant l'attaque.

Ce réflexe lui sauva certainement la vie. Le tentacule ne fit que la frôler.

Elle ressentit pourtant une vive brûlure, et le sang se mit à couler sur son visage. Un éclat de verre avait dû lui entailler la joue.

Camille resta un instant pétrifiée, trop choquée pour réagir.

Si la chose avait renouvelé son attaque, elle n'aurait eu aucune difficulté à l'atteindre, mais l'appendice meurtrier s'était rétracté et du jardin montaient les grondements agressifs des molosses déchaînés.

En maudissant son irrépressible curiosité, Camille s'approcha de nouveau de la fenêtre. Un frisson glacé traversa son corps. Toute à son combat contre les deux chiens, la créature s'était écartée du mur et apparaissait distinctement à la lumière de la lune et des étoiles.

C'était une monstrueuse araignée haute de près d'un mètre, à la gueule encadrée de deux très longs tentacules semblables à des fouets. Elle les projetait vers les molosses qui tournoyaient autour d'elle en essayant de les happer.

L'araignée rompit soudain le combat et se précipita à toute vitesse vers le fond du jardin.

L'un des chiens se lança à sa poursuite, mais son compagnon étant manifestement blessé, il renonça au bout de quelques mètres.

Le jardin s'illumina vivement et des bruits de pas résonnèrent dans l'escalier. Mme Duciel ouvrit la porte de la bibliothèque à la volée.

– Juste ciel, Camille, qu'avez-vous encore fait ?

6

– **E**t voilà Salim, en plus je me suis pris un savon. Tu me crois maintenant ?

Camille marchait près de son ami. Un pansement barrait sa joue gauche et sa paupière était enflée.

Elle s'était levée plus tôt que d'habitude et avait téléphoné à Salim pour lui donner rendez-vous au parc un peu avant le début des cours. Elle lui avait tout raconté de son aventure sur la chaussée, la veille, n'hésitant plus à lui parler de la pierre bleue. Il n'avait pas ri, cette fois. Il l'avait écoutée avec attention, les yeux fixés sur sa joue blessée.

– Et ton père n'a pas voulu te croire ?

– Non bien sûr ! Ma mère l'a appelé et il est rentré immédiatement, de très mauvaise humeur. Elle était persuadée que c'était moi qui avais cassé la fenêtre et déclenché l'alarme, et me secouait les puces depuis une demi-heure quand il est arrivé. Il s'est aperçu que les buissons étaient piétinés sous la fenêtre et qu'un des chiens, Gengis je crois, saignait. Il en a conclu qu'un rôdeur avait réussi à franchir le mur d'enceinte. Ce n'était même pas la peine que j'essaie de leur parler de cette foutue araignée.

– Ils ont averti la police ?

– Oui, mais personne ne s'est dérangé. Tout a été réglé par téléphone.

– Quel bazar ! lança Salim. Qu'est-ce que tu comptes faire ?

– Aucune idée ! Ça me soulage de t'en parler, parce qu'entre l'histoire du changement de monde et celle de l'araignée j'ai l'impression de perdre les pédales.

Camille se tut un instant. Elle reprit, un ton plus bas :

– Et en plus, j'ai vraiment peur !

Salim eut un sourire qui se voulait rassurant.

– Pas de soucis, ma vieille, on va s'en sortir. Tu l'as sur toi, ce caillou ?

Camille mit la main dans la poche de son pantalon et en sortit la pierre au bout de sa chaîne. Paume ouverte, elle la présenta à Salim et ils se penchèrent pour l'observer.

– Tu m'as parlé d'une pierre, remarqua Salim, mais ça ressemble davantage à une bille...

On aurait pu croire, en effet, à une simple bille de verre mais, en son cœur, d'étranges volutes bleutées formaient un dessin en continuel mouvement et sa surface, parfaitement lisse, avait un aspect irisé étonnant.

– Je pensais à une pierre précieuse, précisa Camille.

– De quel type ? Un diamant ?

– Je ne crois pas. Plutôt un saphir.

– Je peux la prendre ?

Camille haussa les épaules et Salim tendit la main. Ses doigts s'arrêtèrent à quelques centimètres du bijou. Il fronça les sourcils.

– Je n'y arrive pas !

– Comment ça, tu n'y arrives pas ?

Salim semblait abasourdi.

– Je n'arrive pas à la saisir. J'essaie, mais c'est impossible.

Camille le regarda avec un air grave.

– Tu veux dire que la pierre te repousse ?

– Non, j'ai l'impression que, quand ils l'approchent, mes doigts arrêtent de m'obéir. Je n'arrive pas à les forcer à la toucher.

– Ouvre ta main, ordonna Camille.

Un peu réticent, Salim obéit. Quand Camille voulut déposer la pierre, il retira brusquement son bras et elle tomba par terre.

– Désolé, ma vieille, je ne l'ai pas fait exprès. On dirait que ce caillou et moi, nous ne sommes pas faits pour nous entendre.

– Ça prouve qu'il a quelque chose d'extraordinaire, non ? Tu veux qu'on essaie en te bloquant le poignet ? proposa Camille en ramassant le bijou.

Salim fit une grimace.

– Si ça ne te vexe pas, je préférerais éviter.

Camille remit la pierre dans sa poche, non sans l'avoir auparavant observée attentivement. L'agrafe qui la liait à la chaîne lui rappelait les griffes du monstre qui l'avait attaquée mais elle ne parvenait pas à la trouver repoussante. Au contraire... Quel mystère dissimulaient ces insolites volutes bleues ?

Ils prirent le chemin du collège en silence, l'esprit occupé par un saphir étrange et une monstrueuse araignée.

À l'entrée de l'établissement, ils contournèrent prudemment un groupe d'élèves de troisième qui parlaient fort et s'agitaient. Éviter les ennuis et ceux qui les provoquent était devenu une seconde nature chez eux et ils y réussissaient sans trop de difficultés. Ils gagnèrent la salle de français et s'installèrent. Leur professeur, une jeune femme, entra à son tour. Après avoir demandé le silence avec un succès relatif, elle commença son cours. Le texte du jour était une poésie de Jacques Prévert, *Le Cancre*.

Des photocopies furent distribuées et, tandis que Mlle Nicolas évoquait la tendresse et l'anticonformisme qui se dégageaient du texte qu'elle s'apprêtait à lire, Camille se renversa en arrière sur sa chaise et ferma à demi les yeux. Elle se sentait une nouvelle fois en porte-à-faux par rapport à l'école. Elle était dévorée par l'envie d'apprendre, de comprendre, de savoir, et les profs la laissaient sur sa faim. Elle avait vite saisi qu'ils ne tenaient pas spécialement à avoir en face d'eux une fille surdouée, aux connaissances vastes et à l'esprit vif. Pour la plupart, l'élève idéal n'était pas un élève intelligent, mais un élève travailleur, calme et obéissant. Elle se savait incapable d'entrer dans ce moule, mais s'efforçait de faire semblant. Elle maîtrisait bien son rôle, et si parfois elle s'abandonnait à un éclat de brillance, la plupart du temps les profs pensaient avoir affaire à une élève douée, mais dans la norme.

Camille sourit. Elle appréciait Prévert, et qu'elle ait déjà lu une bonne partie de son œuvre n'enlevait rien au plaisir qu'elle avait à le rencontrer ce jour-là. Elle aurait simplement aimé que la classe soit plus calme afin de savourer le poème en toute quiétude. Elle avait de l'estime pour sa prof de français et regrettait que la nature du collège ne lui laisse pas la possibilité de mieux gérer ses cours.

Mlle Nicolas, pour motiver ses élèves, essayait de leur faire mettre en correspondance l'image du cancre décrit par Prévert et la réalité de l'école. Devant le peu de succès de son idée, elle décida de lire le texte à haute voix.

Dès le premier vers, Camille fut happée par la magie de la poésie. Elle adorait entendre lire, surtout avec autant de qualité et de cœur. Elle se prit à imaginer le cancre en butte aux moqueries des autres enfants, à la mesquinerie de l'enseignant et sa formidable réponse :

... et malgré les menaces du maître
sous les huées des enfants prodiges
avec des craies de toutes les couleurs
sur le tableau noir du malheur
il dessine le visage du bonheur.

La scène que Camille se représentait avec netteté prit tout à coup dans son esprit une dimension nouvelle. Le moindre détail, la moindre teinte, étaient perceptibles, parfaitement distincts comme chaque fois qu'elle imaginait quelque chose, mais cette fois-ci, cela allait plus loin : une porte mystérieuse s'était ouverte, le tableau, les couleurs et les personnages lui appartenaient ! Elle tendit son esprit, ajouta une touche de rouge imaginaire, modifia légèrement une courbe…

À côté d'elle, Salim fit un bond. Quelqu'un poussa un cri et le professeur cessa de lire.

Camille ouvrit les yeux.

La classe était en effervescence et c'est en suivant le regard de Salim qu'elle comprit. Derrière Mlle Nicolas, le tableau était entièrement couvert de couleurs vives, formant une image certes abstraite, mais au sens très clair : le bonheur.

– Tu es sûre que c'était toi ? lui demanda Salim.

Ils étaient en récréation. L'incident avait créé un événement au collège, d'autant que le tableau était recouvert non de craie, mais d'une sorte de peinture qui adhérait parfaitement à sa surface. La deuxième heure de cours n'avait pu être assurée par le professeur de français qui avait quitté le collège, et les élèves s'étaient retrouvés dans la cour.

– J'en suis certaine, j'ai eu la même impression qu'hier au parc. J'ai imaginé la scène, ou plutôt je l'ai modifiée dans ma tête.

– Mais on fait tous ça…

– Non. Il y a une différence et là j'en ai eu conscience. À un moment, j'ai basculé dans une dimension où j'ai imaginé exactement ce qu'il y avait sur le tableau quand j'ai ouvert les yeux !

– Ça alors, ma vieille, à côté de toi les X-men sont des vieillards gâteux !

– Salim, je n'ai pas envie de rire. Qu'est-ce que je vais faire ?

– C'est simple, si on était dans un film, tu apprendrais à maîtriser ton pouvoir et tu l'utiliserais pour régler son compte à l'araignée cosmique.

– Salim, on n'est pas dans un film, je suis dans les ennuis jusqu'au cou.

Le sourire de Salim, qui n'était que façade, s'effaça.

– Si c'est vraiment toi qui as peint le tableau sans t'en rendre compte, tu dois maintenant chercher à savoir si tu peux le faire volontairement.

– D'accord, mais comment ?

– Eh, c'est toi la magicienne, pas moi. Moi, quand je pense à quelque chose, il ne se passe rien. Toi, visiblement, tu fonctionnes autrement. Essaie de m'expliquer, ça t'aidera peut-être…

– C'est compliqué, Salim. J'imagine une scène et tout à coup elle m'apparaît avec la netteté d'une chose réelle. Et ce n'est pas tout, je peux la modifier comme je veux : retoucher un trait, foncer une couleur, gommer un détail, en renforcer un autre… En fait, c'est comme si je dessinais.

– Et pour faire ça, tu bascules dans un autre monde ?

– Oui, c'est ce que j'ai ressenti. Mais ce n'est pas un monde comme tu l'entends. C'est dans ma tête que ça se passe.

Salim prit un air dubitatif.

– Je ne comprends rien, mais je continue à penser que tu dois essayer de le refaire.

– Tu n'as pas d'autre idée ?

– Non, mais comme a dit le gendre de ma grand-mère en pinçant le nez du requin blanc qui était en train de le bouffer, il vaut mieux une idée bizarre que pas d'idée du tout !

Camille eut un demi-sourire.

Heureusement que Salim était là. Avec lui, les problèmes n'étaient jamais graves. Elle réfléchit un instant à ce qu'il venait de lui proposer et dut admettre qu'il y avait peut-être là un début de solution à ses ennuis.

Elle s'assit sur le rebord d'une des plates-bandes de la cour et se passa la main dans les cheveux.

Salim la regardait, les bras croisés.

– OK, je vais essayer, finit-elle par dire.

– Et tu vas nous « dessiner » quoi cette fois ? demanda-t-il en souriant. Un double cornet à la vanille ?

– Ton ventre te perdra Salim ! Non, je vais dessiner un rosier, déclara-t-elle en montrant le sol nu à l'exception de quelques brins d'herbe sèche.

Camille tenta de se concentrer pour construire l'image d'un rosier, mais elle était sans cesse gênée par des pensées parasites. Elle crut plusieurs fois y parvenir, pourtant l'image ne prit jamais la netteté du dessin sur le tableau noir.

Elle rouvrit les yeux.

– Je n'y arrive pas. Je vois le rosier dans ma tête, mais je ne le dessine pas !

Sans répondre, Salim se baissa, ramassa quelque chose puis se tourna vers Camille.

– Ce n'est pas vraiment un rosier, mais c'est bien une fleur et elle n'était pas là tout à l'heure.

Camille saisit délicatement la minuscule rose blanche qu'il lui tendait.

– Heureusement que je n'ai pas essayé de dessiner une glace, répliqua-t-elle avec un pauvre sourire, tu m'aurais trouvée mesquine !

7

À la grande surprise de Camille et de Salim, l'incident survenu en français avait été vite étouffé. Une explication boiteuse, coup monté par des élèves chahuteurs, avait été avancée par l'administration et chacun s'était empressé d'y adhérer. Les deux amis s'en félicitaient alors qu'ils longeaient le fleuve, après la fin des cours.

– Ce soir, lança Salim, je te raccompagne chez toi.

– Volontiers, répondit Camille, mais pourquoi ce soir plus qu'un autre jour ?

– L'araignée, répondit le garçon, laconique.

Camille ne put se retenir de sourire.

– Sans vouloir te vexer, Salim, elle mesurait presque un mètre de haut et elle a tenu en respect deux chiens qui auraient encore faim après nous avoir dévorés, toi et moi.

– T'occupe ! Chez nous, au Cameroun, les araignées on les mange, et plus elles sont grosses, plus on se régale.

Camille éclata de rire. Elle n'ignorait rien de la vie que menait Salim chez lui. Elle était au courant du balcon, du bruit, de l'absence d'affection qui valait presque celle dont elle faisait les frais et elle était émerveillée de sa manière toujours positive de prendre les choses.

– Ça roule, Salim. Avec un garde du corps comme toi, les araignées n'ont qu'à bien se tenir.

Salim venait rarement dans le quartier de Camille. Il ne l'avouait pas, mais ces somptueuses maisons mettaient en évidence la misère de sa cité et rendaient encore plus difficile le fait d'y vivre. En arrivant devant le portail métallique, il leva les yeux au ciel en tirant sur ses tresses.

– Bon sang Camille, j'oublie toujours que tu vis dans un film. Tu n'as pas peur de te perdre ?

– Très drôle, Salim ! Bon, allez, à demain, merci de m'avoir accompagnée.

– Y a pas de quoi, ma vieille, à demain.

Camille appuya sur le bouton du vidéo-inter-phone pendant que Salim s'écartait de la caméra de surveillance.

Ils savaient tous deux qu'il valait mieux que la famille Duciel ne le voie pas, même si Camille aurait payé cher pour découvrir la tête de ses parents adoptifs devant la dégaine de son ami.

Salim regarda le portail se refermer derrière Camille.

Il contempla quelques instants le haut mur de pierre couronné de piques en métal acéré, se demandant à quoi pouvait bien ressembler l'intérieur, puis il réajusta son sac de classe sur son épaule et se mit en route.

Un hurlement le stoppa net.

C'était la voix de Camille !

Il se précipita sur le portail qu'il secoua sans succès. Camille hurla à nouveau.

Affolé, Salim jeta un regard circulaire autour de lui. La rue était déserte.

– Tiens bon, Camille, cria-t-il, j'arrive !

Il se débarrassa de son sac, observa brièvement le haut du mur et bondit.

Ses doigts crochetèrent deux piques métalliques et, en une seconde, il se hissa sur le faîte du mur d'où il scruta le jardin.

Camille se trouvait à une vingtaine de mètres du portail, adossée à un arbre. Elle faisait face à trois monstrueuses araignées noires.

Salim sauta de l'autre côté et courut en hurlant vers la créature la plus proche.

– Foutez le camp, sales bêtes !

Sans se retourner, l'araignée darda vers lui un tentacule terminé par une pointe effilée. Il ne l'évita qu'en se jetant au sol et en faisant un roulé-boulé qui l'amena jusqu'à Camille.

Il se releva vivement et vint se plaquer contre elle, haletant.

– Laquelle je bouffe en premier ? demanda-t-il d'une voix rauque.

– ...

– D'après toi, ça se mange cru ou cuit ? continua-t-il en jetant des coups d'œil désespérés autour de lui.

– …

– Et tes foutus chiens, ils sont où ?

– Enfermés le jour ! répondit Camille d'une voix faible.

Les araignées choisirent cet instant pour attaquer. Dans un accord parfait, elles se précipitèrent sur les deux amis qui hurlèrent à l'unisson.

Salim ferma les yeux…

8

– **C**'est bon. Tu peux ouvrir les yeux !

Salim obéit à la voix de Camille. Le jardin avait cédé la place à une forêt d'arbres immenses et d'épais taillis... et il n'y avait plus trace de la moindre araignée.

– Mais... Qu'est-ce que... Où...

– Dans mon monde parallèle, probablement, et de justesse, une fois de plus.

Salim regarda autour de lui.

Tout semblait dissemblable, et pas seulement le lieu. L'heure même était différente. Alors que, quelques minutes plus tôt, la journée avait encore de longues heures devant elle, le soleil paraissait près de se coucher. L'air aussi était autre, plus odorant, plus pur.

– Camille... hoqueta-t-il, comment...

– Ne me demande pas comment j'ai fait, je n'en sais rien. Ne me demande pas non plus quel est cet endroit, je l'ignore. Je ne suis venue ici – si c'est bien ici que je suis venue – qu'une fois, et j'y suis restée le temps de voir un chevalier s'entraîner au vol plané et de manquer être coupée en morceaux par un lézard géant. Je ne sais pas non plus...

Camille se tut brusquement. Salim s'était raidi et de lourdes gouttes de sueur perlaient sur son front. Il fixait un point précis juste derrière elle, les yeux agrandis par la peur.

Elle se retourna lentement.

À l'endroit où ils étaient arrivés, les trois araignées venaient d'apparaître.

Camille jura entre ses dents. Elle envisagea la possibilité de s'enfuir en courant mais, très vite, abandonna cette idée. Les araignées avaient de telles pattes qu'il était stupide d'envisager de les battre à la course.

Elle se baissa doucement pour ramasser une branche morte qui gisait à ses pieds et se releva en brandissant son arme improvisée au-dessus de sa tête. Un frémissement parcourut le corps des araignées et Camille serra les mâchoires.

Un sifflement perçant se fit alors entendre, suivi d'un coup de vent près de son oreille. Une araignée s'affaissa, la hampe d'une longue flèche fichée dans le crâne. Les deux araignées survivantes bondirent en avant.

Le sifflement retentit encore et elles ne furent plus qu'une. Camille la vit arriver sur elle, ses deux tentacules meurtriers pointés sur son visage. Elle ouvrit la bouche pour un inutile hurlement, mais fut soudain projetée à terre par Salim qui avait plongé sur elle.

Le garçon fut le plus prompt à se remettre debout. Il se campa face à l'araignée qui fondit sur lui.

C'est alors qu'un homme de haute taille s'interposa. Une lame d'acier étincela et la créature s'écroula. Salim poussa un long soupir et s'accroupit près de Camille.

L'homme qui leur avait sauvé la vie repoussa l'araignée du pied, puis s'assura que les deux autres étaient bien mortes.

Immobiles, les monstres étaient encore impressionnants. Ils possédaient huit pattes, mais là s'arrêtait toute véritable ressemblance avec des araignées. Leurs corps étaient couverts d'une carapace sombre et huileuse et leurs deux tentacules les différenciaient de tout animal connu. À leur extrémité, un dard de plusieurs centimètres laissait suinter un liquide blanchâtre, certainement du venin.

L'homme scrutait le sol. Il se déplaçait avec une aisance quasi féline, son sabre à la main, sans faire craquer la moindre brindille. Il ramassa quelque chose par terre qu'il lança à Salim. Le garçon l'attrapa au vol et reconnut une de ses tresses.

– Désolé, fit l'homme avec un sourire, elle était sur la trajectoire de ma première flèche.

Il essuya soigneusement sa lame avant de la ranger dans son fourreau et se tourna vers les deux amis qui le dévisageaient, muets de stupéfaction.

– Je serais curieux d'apprendre les raisons de votre présence ici et ce que des jeunes gens comme vous ont à voir avec des marcheurs, mais ce n'est pas le moment idéal pour en parler. Nous devons d'abord nous éloigner. Les cadavres de ces créatures vont attirer des charognards qui ne crachent pas sur la viande fraîche...

Il parlait de la voix posée de celui qui a l'habitude d'être obéi. Il récupéra les flèches qu'il avait tirées et les examina attentivement. Il en jeta une, qu'il devait juger trop abîmée, et nettoya l'autre avec une poignée d'herbe avant de la replacer dans le carquois qu'il portait à la ceinture.

– Je m'appelle Edwin, reprit-il. Suivez-moi.

Salim regarda Camille. Il n'appréciait pas le ton autoritaire d'Edwin.

– Tu peux nous faire rentrer chez nous ? murmura-t-il.

Elle fit une petite grimace.

– Pas que je sache. Désolée.

Salim eut un haussement d'épaules fataliste.

– Alors je suppose que nous avons intérêt à le suivre. Cette forêt est jolie, mais je ne suis pas sûr d'apprécier les bestioles qui y gambadent...

Camille opina de la tête et ils rejoignirent le guerrier qui, quelques mètres plus loin, ramassait un étrange sac de fourrure d'où pointaient trois bâtons terminés chacun par un bouquet de plumes.

– On peut dire que vous avez eu de la chance que je passe par là. Les marcheurs sont redoutables, les aiguillons de leurs tentacules sont empoisonnés et, pour ne rien gâcher, ils font le pas sur le côté !

– Qu'est-ce que... commença Camille.

Mais Edwin s'était déjà mis en route à grands pas et elle dut remiser ses questions. Ils marchèrent une bonne heure en silence. La forêt n'était pas très touffue, mais s'y déplacer au rythme imposé par Edwin rendait impossible une conversation suivie. Les arbres les écrasaient de leur masse, et plusieurs fois ils sursautèrent alors qu'une bête sauvage prenait la fuite sur leur passage. Au détour d'un hallier épais, ils aperçurent une magnifique créature chevaline à la tête couronnée de bois impressionnants, qui paissait l'herbe drue. L'animal tourna calmement la tête vers eux, les regarda un instant et s'enfonça dans le sous-bois, en ne manifestant aucune crainte.

– Tu as vu ce que j'ai vu ? chuchota Camille.

Salim hocha la tête, les yeux écarquillés.

– On dirait, ajouta-t-elle, que nous venons de rencontrer le roi des cerfs en personne.

– Un cerf de trois mètres de haut ?

– Nous ne sommes plus chez nous, Salim, et nous risquons bien d'autres surprises de ce genre...

La nuit tombait et la forêt, dans l'obscurité naissante, devenait inquiétante.

Leur guide ne tarda pas d'ailleurs à faire halte dans une clairière dont le centre était occupé par un rocher haut comme deux hommes, recouvert d'un lichen grisâtre. Il posa son sac à terre.

– Allumez le feu pendant que je place mes alarmes, ordonna-t-il.

Camille et Salim se regardèrent une fois de plus avec étonnement, tandis qu'Edwin tirait de son sac les trois bâtons emplumés et s'éloignait vers la lisière des arbres.

– Je suppose, dit Salim, que nous pouvons commencer par ramasser du bois.

Ils amassèrent rapidement un fagot conséquent.

– Tu as des allumettes toi ? s'inquiéta Camille.

– Non et je n'ai pas de briquet.

– Il commence à m'énerver celui-là, ragea-t-elle, tout sauveur qu'il soit. Il nous fait marcher une heure sans dire un mot, il ne nous donne aucune explication et il nous demande d'allumer un feu, comme si on passait notre temps à ça.

– Du calme, ma vieille, se moqua Salim, un feu sans allumettes n'est rien à côté de ce que nous venons de vivre !

Camille sourit.

– Tu as raison, ce qui me fait penser que mes parents doivent commencer à s'inquiéter. Qu'est-ce que je vais leur raconter en rentrant ?

Salim pencha la tête d'un air surpris et s'approcha d'elle.

– Parce que, maintenant, tu peux nous faire rentrer ?

– À vrai dire, je n'en sais rien, admit-elle, mais comme ça a déjà fonctionné trois fois... Ah, notre héros est de retour !

Edwin s'approcha d'eux et considéra le tas de bois avec un air navré.

– La nuit va arriver, et le froid avec. Pourquoi n'avez-vous pas allumé le feu ?

Camille explosa.

– Parce qu'un feu sans allumettes est aussi facile à allumer qu'un éclat d'intelligence dans le regard d'une vache, voilà pourquoi !

– Par le sang des Figés, s'emporta Edwin, je ne sais pas de quoi tu parles, mais si tu continues à employer ce ton, tu vas finir avec les fesses cuisantes !

Camille ouvrit la bouche, puis se ravisa et se renfrogna.

À côté d'elle, Salim pouffa. Il n'aurait peut-être pas dû, car Edwin le remarqua.

– Et toi, au lieu de ricaner bêtement, va chercher du bois, pas des brindilles. J'ai dit que le froid allait tomber, on ne fait pas un pique-nique d'agrément.

Salim sursauta et, après une brève hésitation, obtempéra.

Edwin se tourna alors vers le fagot posé près du rocher et parut se concentrer. Camille le regarda, soudain très attentive. Il lui semblait discerner quelque chose de familier. Elle se concentra à son tour et elle comprit. Edwin était en train de dessiner !

Il était immobile, n'esquissait aucun geste, tout se déroulait dans son esprit, mais elle percevait clairement ce qu'il faisait. Il imaginait une flambée de bois et tentait de rendre réelle sa création, ce qui était loin d'être facile. Camille apprécia la finesse du dessin, en remarquant toutefois la faiblesse de certains traits. Dans son souvenir, les deux dessins qu'elle avait tracés étaient beaucoup plus précis, plus réalistes.

Le bois commença à fumer et Edwin poussa un petit grognement. Il peinait manifestement. Presque malgré elle, Camille tendit son esprit vers le dessin. En une fraction de seconde, les couleurs prirent de la netteté, les détails se précisèrent, le dessin devint réalité.

Le tas de bois s'embrasa tout à coup. Edwin se recula pour ne pas se brûler aux flammes qui montaient, hautes et claires.

Il se tourna vers Camille et planta son regard dans le sien.

– Assieds-toi, finit-il par dire, tu as beaucoup de choses à me raconter.

9

Camille s'assit dans l'herbe face à Edwin. Un frisson la parcourut.

La nuit était presque complète et la température avait baissé spectaculairement. Elle n'était vêtue que d'un tee-shirt, d'un blouson léger et d'un jean. La chaleur du feu ne parvenait pas à la réchauffer. Elle croisa les bras sur son ventre en enfonçant la tête dans les épaules.

Edwin, lui, ne paraissait pas souffrir du froid. Camille l'observa avec attention.

C'était un homme assez grand, aux cheveux courts coupés en brosse, déjà presque blancs bien qu'elle ne lui donnât pas plus de quarante ans. Il était vêtu d'une tenue foncée de cuir brut qui mettait en valeur la puissance de ses épaules. Son visage tout en méplats et sa peau mate faisaient ressortir le gris de son regard.

Il avait posé à ses côtés son long sabre à la lame légèrement incurvée et son arc impressionnant. Il se tourna et fouilla un instant dans son sac. Il en sortit une couverture qu'il tendit à Camille.

– Enroule-toi là-dedans, proposa-t-il gentiment, c'est une peau de siffleur, elle te tiendra chaud.

Elle le remercia. La couverture était douce, légère et Camille sentit très vite une agréable chaleur l'envahir.

Salim choisit ce moment pour revenir, les bras chargés de branches qu'il déposa à côté du feu. Il claquait des dents mais, à son habitude, trouva le moyen de plaisanter.

– Voilà chef ! J'aurais volontiers coupé un arbre ou deux, mais j'ai oublié mon canif à la maison...

– C'est bien mon garçon, acquiesça Edwin sans se formaliser de la boutade, réchauffe-toi maintenant si tu ne veux pas tomber malade.

Camille lui proposa un pan de la couverture.

Salim s'assit à côté d'elle et poussa un soupir de satisfaction lorsqu'il rabattit la peau sur ses épaules. Comme son amie, il remonta ses genoux et y appuya son menton.

Edwin les regarda en silence, puis se concentra sur Camille.

– Alors ?

Elle hésita un instant.

– Cela vous sera peut-être difficile à croire, mais nous ne sommes pas originaires d'ici, de ce monde je veux dire. Nous sommes arrivés par accident, même si ça nous a sûrement sauvé la vie.

– Ne t'occupe pas de ce que je peux croire ou comprendre, intervint Edwin, raconte-moi tout, depuis le début.

Camille respira profondément, jeta un regard à Salim qui lui adressa un clin d'œil d'encouragement, et commença son récit, à peine troublé de temps à autre par le cri d'un animal sauvage.

Edwin ne l'interrompit pas, même lorsque, par deux fois, il alimenta le feu avec des gestes précis. Quand elle eut terminé, il se passa la main dans les cheveux.

– Cette histoire est surprenante, grogna-t-il à mi-voix, et m'oblige à un choix dont je me serais volontiers passé... Bon, nous allons essayer de manger un morceau, continua-t-il plus fort. Je n'avais pas prévu d'avoir des invités, mais j'ai de quoi vous rassasier, pour peu que vous ne soyez pas trop difficiles...

Camille haussa les sourcils.

– Nous aimerions aussi entendre ce que vous avez à nous dire.

– Et que pourrais-je avoir à raconter qui vous concerne ?

– Beaucoup de choses, affirma Camille. Qui sont ces marcheurs qui nous poursuivaient ? Où sommes-nous ? Pourquoi n'êtes-vous pas surpris par notre histoire ?

Edwin sourit.

– J'aurais dû m'attendre à ce que tu sois curieuse, les dessinateurs le sont toujours. N'attends pas toutefois que je te fasse un cours sur l'Imagination, les Spires et le pas sur le côté. Je ne suis pas analyste.

– Je ne pige rien, hasarda Salim.

– Vous avez compris, reprit Edwin sans tenir compte de l'intervention du garçon, que vous étiez passés dans un autre monde. Ce transfert, qui a dû être une sacrée surprise pour vous, n'en est pas une pour moi. Nous savons depuis longtemps que deux mondes coexistent et qu'il est possible de passer de l'un à l'autre, même si les dessinateurs en mesure de le faire sont très peu nombreux. Ce passage s'appelle le pas sur le côté. Le grand pas, pour être plus précis.

– Les dessinateurs ? interrogea Camille.

– Ce sont des personnes qui ont le pouvoir d'évoluer dans une dimension peu connue dans votre monde. L'Imagination.

– Je ne saisis toujours pas, gémit Salim.

Edwin soupira.

– Bon... Un dessinateur peut rendre réel ce qu'il imagine. Pour ce faire, son esprit passe dans une dimension qui s'appelle l'Imagination et y progresse grâce à des chemins, les Spires. Plus le dessinateur est puissant, plus il va loin dans les Spires et plus il peut jouer avec la réalité. Les plus doués parviennent à imaginer qu'ils sont ailleurs qu'à l'endroit où ils sont réellement et à s'y transporter instantanément. C'est le pas sur le côté. L'être à qui tu as pris la pierre, Camille, est un Ts'lich, une redoutable créature versée dans l'Art du Dessin et dans celui de la guerre. Il est heureusement incapable de passer d'un monde à l'autre, bien qu'il puisse parfois faire de petits pas sur le côté. Un petit pas est similaire à un grand, sauf qu'il s'exécute dans un même monde et qu'il est plus facile à réaliser. C'est certainement le Ts'lich qui a envoyé les marcheurs à tes trousses pour récupérer son bien.

– La pierre ? s'étonna Camille.

– Oui, il est probable qu'il s'agisse d'une sphère graphe, une aide précieuse pour les dessinateurs dans les Spires. Celle que tu as trouvée n'est utilisable que par un Ts'lich, mais les humains possèdent parfois des objets semblables.

Camille ouvrait la bouche pour interroger Edwin sur ce dernier point quand Salim la devança.

– Et ces araignées, ces marcheurs ?

– Ce sont des êtres qui vivent normalement dans les cavernes de la chaîne du Poll. Ils ne dessinent pas – cela est réservé aux créatures douées d'intelligence –, pourtant ils ont la faculté naturelle de faire le grand pas. Leur nom vient de cette capacité. Ils auraient pu s'appeler dévoreurs ou faucheurs, mais, comme ils arpentent les deux mondes, ils sont les marcheurs. Les Ts'liches les dressent et les utilisent pour tuer à distance.

Camille voulut relancer la conversation sur le Dessin, mais Salim la prit de vitesse une nouvelle fois.

– Le pas sur le côté, les marcheurs, les Ts'liches, ronchonna-t-il, tout cela est bien beau, mais quel est le rapport avec Camille ? Pourquoi se retrouve-t-elle avec ces pouvoirs et les dangers qui les accompagnent ?

– Je ne sais pas, bonhomme. Nous vivons une période noire. Les humains ont fondé l'Empire de Gwendalavir, mais aujourd'hui celui-ci est gravement menacé. Nous repoussons depuis des générations les invasions des Raïs, une race non humaine qui vit au Nord. Ils sont bien plus nombreux que nous, mais le pouvoir de nos dessinateurs a toujours largement contrebalancé ce désavantage. Malheureusement, les Ts'liches, qui les manipulent, ont réussi à placer un verrou dans les Spires. Les dessinateurs alaviriens doivent se contenter de piètres créations, de dessins de débutants. Or, je vous l'ai dit, un pas sur le côté représente un acte de pouvoir extrêmement fort. Il est étonnant que vous soyez parvenus à l'effectuer ! Votre arrivée est donc un signe d'une grande importance.

– Les Spires, le Dessin, commença Camille, il faut que j'en sache plus. Est-ce que je suis une dessinatrice ?

– Je ne peux l'affirmer, répondit Edwin, mais je le crois. J'en suis suffisamment convaincu pour abandonner la mission qui m'a conduit ici. Je regrette d'ailleurs d'être entré à pied dans la forêt. Demain, mon cheval nous manquera...

Il se leva pour raviver les flammes.

– Allumer le feu à l'aide d'un graphe est une chose que beaucoup de gens savent faire ici, ajouta-t-il. Tu as cependant utilisé des couleurs qui n'auraient pas dû être à ta disposition, comme si tu n'étais pas concernée par le verrou ts'lich. Cela peut représenter un danger. Un dessin trop marqué attire souvent l'attention de créatures inamicales. Tu dois te montrer plus prudente désormais. Tu comprends ?

Camille acquiesça, consciente que tant qu'elle n'en saurait pas davantage, mieux vaudrait suivre les conseils d'Edwin.

Celui-ci sortit de son sac des bâtonnets durs et secs qu'il leur tendit.

– C'est de la viande fumée de siffleur. Impossible de faire plus léger et plus nourrissant mais, honnêtement, c'est mauvais. À vous de voir. Sachez toutefois que, demain, un long chemin nous attend. Il faudra être en forme.

Les bâtonnets avaient vraiment un goût exécrable. Camille renonça vite au sien, mais Salim s'évertua à finir sa part.

– Nous vous sommes reconnaissants de nous avoir sauvé la vie, lança-t-il entre deux bouchées. Vous ne pourriez pas nous renvoyer chez nous ?

– Je ne sais pas dessiner à ce niveau et j'ignore comment fonctionne le grand pas. De plus, comme je vous l'ai expliqué, un tel dessin est en ce moment impossible. Si vous voulez rentrer chez vous, je crains que vous ne deviez vous débrouiller seuls.

Camille fronça les sourcils. Il lui semblait percevoir dans la voix d'Edwin une hésitation inhabituelle.

– Vous connaissez peut-être quelqu'un capable de nous aider ?

– Non.

La réponse était sèche et définitive. Edwin s'allongea dans l'herbe, son sabre à portée de main, et leur tourna le dos, signifiant ainsi qu'il n'était plus temps de parler.

– Personnellement, que je sois ici ou aux Peintres, ça ne change pas grand-chose, remarqua Salim. D'autant que je dois être en train de rêver. En tout cas, si je suis vraiment ici, personne ne remarquera que je ne suis pas rentré. Par contre ça risque de chauffer pour toi, non ?

– Je crois que nous sommes vraiment ici, observa Camille en souriant, et, pour répondre à ta question, ça chauffera certainement à mon retour. Mais comme je n'y peux rien, je ne vais pas me faire une entorse au cerveau avec ça.

– Sage décision, ma vieille.

Camille regarda leur guide dont la respiration était devenue régulière.

– On dort ? proposa-t-elle à son ami.

Salim approuva et ils s'allongèrent, se recouvrant au mieux de la couverture prêtée par Edwin.

Le feu baissa peu à peu, et une multitude d'étoiles se révélèrent dans un ciel parfaitement dégagé.

Camille laissa dériver ses pensées au gré de ce qu'elle venait d'apprendre. Elle avait l'impression que sa vie était un puzzle immense dont toutes les pièces étaient mélangées. Impossible d'avoir une idée de son dessin final.

À côté d'elle, Salim souriait, les yeux grands ouverts. Il n'aurait cédé sa place pour rien au monde.

Edwin non plus ne dormait pas, mais bien habile aurait été celui capable de lire ses pensées.

10

Lorsque Camille ouvrit les yeux, le jour pointait à peine. Le mouvement qu'elle fit en se redressant réveilla Salim.

Ils se levèrent au moment où Edwin entrait dans la clairière, ses trois bâtons à la main.

– J'ai l'impression que vous avez bien récupéré, leur lança-t-il.

– Je n'avais jamais dormi à la belle étoile, dit Camille. Je ne pensais pas que ce serait si agréable.

– Parle pour toi ma vieille, ronchonna Salim, je suis tout ankylosé.

– Et avec ça, c'est moi qui suis ta vieille, se moqua Camille.

Salim éclata de rire et se mit à marcher sur les mains sous le regard étonné d'Edwin. Au bout de plusieurs mètres, il tomba à la renverse et, après un roulé-boulé, se releva d'une pirouette.

– Il ne me manquait plus qu'un marchombre ! soupira Edwin à voix basse.

Puis il ramassa son sac qu'il jeta sur ses épaules.

– En route, nous avons du chemin à faire.

– Où allons-nous ? demanda Camille sans bouger.

– Chercher des réponses. Ça te convient ?

Camille haussa les épaules. Elle détestait avancer à l'aveuglette, perdre le contrôle de ses actes et de ses choix, mais elle avait appris à se plier aux exigences extérieures quand elle ne pouvait agir autrement. Elle se voyait mal secouer Edwin en réclamant des explications qu'il n'était d'ailleurs peut-être pas en mesure de lui donner, aussi se contenta-t-elle de lui adresser un sourire volontairement outrancier et de lui emboîter le pas, suivie par Salim.

Probablement pour se faire pardonner, Edwin se montra plus bavard que la veille.

Il évita soigneusement le sujet du Dessin et du pas sur le côté, mais répondit à leurs questions sur la forêt qu'ils traversaient et sur son monde en général.

Camille et Salim apprirent ainsi qu'ils se trouvaient dans la grande forêt de Baraïl, frontière ouest de l'Empire de Gwendalavir, actuellement en guerre contre les Raïs au nord et en butte aux attaques des pirates alines au sud. Les premiers étaient une race de monstres n'ayant d'humanoïde que leur position bipède. Ils vivaient de l'autre côté de la chaîne du Poll dans des royaumes que peu d'hommes avaient explorés. Les seconds, des humains, pillaient l'Empire dès qu'ils le pouvaient.

Il évoqua également sa mission. Il avait l'intention, avant leur rencontre, de traverser la forêt de Baraïl pour contacter les Faëls, des non-humains, et jeter les bases d'une alliance avec eux. Chercher des alliés n'était pas une responsabilité que l'on confiait au premier venu, et Edwin semblait si préoccupé par le sort de l'Empire et en parlait avec une telle conviction qu'on se doutait qu'il détenait une position importante en son sein. Il avait toutefois décidé de rebrousser chemin pour les guider et Camille se demanda ce qui rendait leur arrivée aussi essentielle à ses yeux. Certes elle avait fait un grand pas, mais c'était si fortuit...

Ils observèrent une pause en milieu de matinée, près d'un ruisseau qui coulait paresseusement entre les arbres.

– Vous pouvez boire, annonça Edwin, l'eau est potable.

Les deux amis se désaltérèrent et en profitèrent pour étendre un moment leurs jambes lasses.

– Vous ne marchez donc jamais, dans votre monde ? ironisa gentiment Edwin.

– Nous utilisons des voitures, des trains, des avions, répliqua Salim vexé, c'est plus rapide et moins fatigant.

– Je vois, jeta Edwin.

– Notre monde ne vous intéresse pas ? s'étonna Camille.

– J'ai lu des descriptions de voyageurs qui l'ont parcouru mais, pour être honnête, non, il ne m'intéresse pas vraiment. J'ai assez de travail et de surprises dans le mien.

Salim se leva et s'étira.

– Nous allons marcher encore longtemps ?

– Nous sommes proches de la lisière est de la forêt. Si tout se passe bien, ce soir nous dormirons dans des lits.

– Où nous conduisez-vous ? demanda Salim. À la capitale de l'Empire ?

Edwin eut un rictus moqueur.

– Al-Jeit est à des centaines de kilomètres d'ici, mon garçon. Les lits dont je parle sont dans une auberge d'Al-Vor, la ville la plus importante de la région.

Camille se leva à son tour.

– Quand je rentrerai chez moi, mes parents me découperont certainement en tranches avec un couteau émoussé avant de me faire frire, mais je dois avouer qu'en attendant j'ai l'impression de vivre un rêve sacrément agréable.

Elle donna une tape sur le bras de son ami.

– Pas vrai, mon vieux ?

Un immense sourire illumina le visage de Salim.

– Tu l'as dit, ma vieille !

– En route !

Edwin, du menton, désignait l'est, lorsque, soudain, il s'immobilisa. Ses traits se durcirent et il laissa son sac glisser à terre. Il posa une main sur la poignée de son sabre qui dépassait de son épaule et se tourna vers Camille.

– Derrière moi, vite ! Je sens quelque chose. Tu as dû laisser traîner une part de ton esprit dans l'Imagination et ça les a attirés !

Camille eut un air effaré et regarda autour d'elle.

Au même moment, la sphère graphe dans sa poche se mit à tressauter.

– Qu'est-ce que… ?

– Sors des Spires, je te dis ! Bon sang, c'est vrai tu ne…

Il y eut un bruissement dans l'herbe de l'autre côté du ruisseau et Edwin se tut. Drapé dans sa tenue de mailles argentées, un Ts'lich les regardait du haut de ses deux mètres.

Salim frissonna en le découvrant. Jamais, dans ses pires cauchemars, il n'avait imaginé pareil monstre.

Le sabre d'Edwin chuinta en sortant du fourreau. Le Ts'lich franchit le ruisseau d'une fluide enjambée et se campa face à eux, ses lames osseuses croisées devant lui. Camille avait eu l'occasion de constater la rapidité et la violence des Ts'liches. Elle se crispa, s'attendant à un assaut sanglant, pourtant Edwin prit la parole d'une voix basse et calme.

– Me reconnais-tu, Ts'lich ?

Il tenait sa lame en garde basse, les deux mains sur la poignée et Salim, qui avait jugulé sa peur, le trouva presque aussi impressionnant que le Ts'lich. La créature s'inclina imperceptiblement et les mots jaillirent de sa gueule aux mandibules acérées.

– Tous ceux de ma race connaissent Edwin Til' Illan.

– Alors pourquoi ton pas sur le côté t'a-t-il conduit ici ?

– Je viens chercher mon bien, siffla le Ts'lich.

– La sphère graphe ?

Le cœur de Camille s'emballa dans sa poitrine. Était-ce le Ts'lich auquel elle avait dérobé le bijou ?

– Je me moque de la sphère graphe !

Le Ts'lich avait crié. Camille et Salim reculèrent d'un même pas, mais Edwin ne broncha pas. Seule l'extrémité de sa lame remonta de quelques centimètres. Le Ts'lich continua d'une voix suintante de venin :

– C'est Ewilan que je veux. C'est elle que je viens prendre, afin d'achever l'histoire.

Pour la première fois, Edwin parut surpris. La créature prit de l'assurance.

– Ne me dis pas que… Toi, le chien de garde de l'Empire, tu ignorais qui t'accompagnait ?

De sa gueule sortit un hideux sifflement que tous interprétèrent comme un rire.

– Peu importe ta bêtise, reprit-il. Elle est à moi depuis que je l'ai vue.

Il fit mine d'avancer, mais la voix d'Edwin, porteuse d'une mortelle menace, l'arrêta.

– Tu dis que tu me connais, tu sais donc que si tu me défies, ta race va perdre un de ses membres ? Elle ne peut se le permettre…

– Je le sais, Edwin Til' Illan, et rien ne saurait me forcer à te combattre. Les légendes parlent de toi, l'unique humain qui, par quatre fois, a réussi l'exploit de défaire un guerrier ts'lich. Pourtant, même le champion des Alaviriens ne pourrait survivre à un affrontement contre deux d'entre nous.

L'air se troubla une fraction de seconde et un second Ts'lich apparut à côté du premier.

– Alors, Edwin Til' Illan, m'accorderas-tu ce que je suis venu chercher ou tenteras-tu de bouleverser les légendes ?

Edwin resta immobile, sa lame dirigée vers le premier Ts'lich, ses yeux fixés sur lui. Quand il parla, ce n'était pas aux monstres qu'il s'adressait.

– Camille, ou qui que tu sois, prends les trois bâtons dans mon sac et plante-les derrière moi. Ce sont des alarmes de Merwyn. Quelle que soit l'issue du combat, elles vous donneront dix minutes d'avance.

– Mais… commença Salim.

– Faites-moi confiance. Je n'ai pas dit mon dernier mot et je me débrouillerai pour vous rattraper. Camille, ne dessine pas, tiens-toi le plus loin possible des Spires ou ils te retrouveront.

En silence, Camille saisit les trois bâtons. Ils étaient polis par l'usage, les plumes colorées qui les couronnaient retenues par un mince lacet de cuir. Elle les planta dans le sol, et eut la brève impression qu'ils commençaient à bourdonner sourdement.

Edwin semblait retenir les Ts'liches par la seule force de son regard.

– Courez, maintenant ! hurla-t-il soudain.

Son sabre décrivit une courbe fulgurante et un Ts'lich vacilla une seconde avant de se ressaisir. À hauteur de son abdomen, la tunique de mailles était déchirée et une vilaine plaie laissait s'écouler un épais sang vert.

– Courez, j'ai dit !

Ils tournèrent les talons au moment où les Ts'liches se jetaient sur Edwin. Du coin de l'œil, Salim le vit parer la première attaque, son arme dressant devant lui une véritable barrière d'acier, puis il ne songea plus qu'à fuir.

11

Ils coururent à l'aveuglette pendant une dizaine de minutes, l'esprit paralysé par la peur. Camille se ressaisit la première. Hors d'haleine, elle s'arrêta et s'appuya contre un arbre.

– Stop, Salim, nous sommes des êtres humains, pas des lapins.

– Je ne suis pas sûr que les Ts'liches voient la différence, commença Salim, se tenant les côtes pour essayer de calmer les battements de son cœur.

– Moi je la vois et c'est l'essentiel. Edwin voulait qu'on se dirige vers l'est, tu crois qu'on a pris la bonne direction ?

– Comme on a le soleil dans les yeux et que nous sommes le matin, je dirais qu'il y a des chances pour qu'on aille vers l'est. Mais bon, c'est toi le génie, pas moi...

Camille poussa un long soupir.

– Nous allons marcher, articula-t-elle avec force. Si Edwin s'est fait ratatiner, ça ne fera pas beaucoup de différence que les Ts'liches nous trouvent ici ou cent mètres plus loin, complètement épuisés. Tu es d'accord ?

La question n'était que de pure forme. Salim comprit que Camille prenait la tête de la drôle d'équipe qu'ils formaient. Cela ne le gênait absolument pas.

Les deux amis se remirent en route.

– Tu ne crois pas que nous pourrions aller voir ce qu'il est devenu ? demanda Salim.

– Non.

– Non ?

– Non !

Salim se renfrogna un peu.

– Il a dit qu'il nous retrouverait, et je crois qu'il le fera. Si par malheur les Ts'liches ont eu sa peau, nous ne leur mâcherons pas le travail en fonçant à leur rencontre. Tu ne crois pas ?

Camille s'était aperçue que son ami tiquait et elle lui avait parlé avec un grand sourire. Il se rasséréna.

– D'accord, mais je suis convaincu qu'il aura réglé leur compte à ces deux lézards. Tu as entendu ce qu'a dit le premier ? C'est quoi, d'après toi, cette histoire de légende et pourquoi ces bestioles te cherchent-elles ? Pourquoi t'appellent-elles Ewilan ? Et que voulait Edwin quand il t'a dit de...

– Stop Salim !

Camille s'était bouché les oreilles.

– Je me pose les mêmes questions que toi et je n'ai aucune réponse. Alors, s'il te plaît, cesse de m'ensevelir sous tes paroles et marchons.

Salim regarda son amie avec de grands yeux.

– T'ensevelir ? Mais...

Camille lui tira la langue et détourna la tête.

Salim en fut réduit à lui emboîter le pas.

Ils progressèrent un moment avant de s'apercevoir que la forêt avait vraiment changé. Les arbres, s'ils restaient majestueux, ressemblaient davantage à ceux qu'ils avaient l'habitude de voir.

Tout à coup, ils franchirent la lisière et se retrouvèrent au bord d'un océan d'herbes hautes qui s'étendait à perte de vue. Sans se concerter, ils se retournèrent.

La forêt était bien là derrière eux. Elle s'arrêtait brusquement, comme si les arbres avaient respecté une limite invisible et infranchissable, tracée à la règle.

– Ben ça alors, murmura Salim en contemplant l'immensité qui s'ouvrait devant eux, pour un pré c'est un pré...

– Je crois, se moqua Camille, que prairie conviendrait mieux.

– Crâneuse ! lança Salim avant de se pencher vers une plante fleurie qui jaillissait des herbes.

– Bon, Edwin nous a dit d'aller vers l'est et de marcher en direction d'Al-Vor, résuma Camille. J'arrive à peu près à dénicher l'est, mais de là à repérer une ville avec précision... Qu'est-ce que tu en penses ?

– *Si tu marches une demi-heure en direction du nord-est, tu arriveras à une piste qu'il te suffira de suivre pour atteindre Al-Vor.*

– Comment tu sais ça, toi ? demanda Camille en se tournant vers Salim.

Mais il était toujours en train d'examiner la plante sans lui prêter attention et, de toute façon, la voix n'était pas la sienne. Camille, d'ailleurs, n'était pas sûre que quelqu'un ait vraiment prononcé ces mots.

Elle scruta les alentours. Il n'y avait personne.

– *Tu as raison, il n'y a personne !*

– Qui parle ? Où êtes-vous ?

Camille avait crié.

– Salim, tu m'entends ?

Le garçon, perdu dans sa contemplation, ne broncha pas.

– *J'ai préféré le mettre à l'écart un moment. Il ne risque rien et nous serons plus tranquilles ainsi pour discuter.*

Camille expira longuement. Il ne fallait pas s'affoler. Cette voix, si elle résonnait directement à l'intérieur de sa tête, n'était pas plus dangereuse qu'une paire de Ts'liches.

– *Je te préfère comme ça...*

La voix s'était teintée d'une gentille ironie, qui rendit Camille furieuse.

– Je me fiche de ce que vous préférez ! Vous allez réveiller Salim et ensuite vous irez pêcher la baleine dans votre baignoire. Compris ?

– *Tu as vraiment un sale caractère... Tu sais, tu n'es pas obligée de crier, ni de parler à haute voix. Je t'entends parfaitement d'où je suis.*

– Où êtes-vous, et qui êtes-vous ?

– *Je suis très loin d'ici à Al-Poll et je suis Éléa Ril' Morienval, une Sentinelle.*

La curiosité de Camille avait pris le pas sur sa crainte. Cette voix féminine paraissait plutôt bienveillante et elle tenait peut-être là un moyen d'obtenir enfin des réponses.

– Al-Poll, commença-t-elle, ça a un rapport avec les montagnes du Nord ?

– *Excellente déduction ! Je n'en suis pas étonnée, mais tu me fais plaisir. Al-Poll se situe bien dans les montagnes qui portent ce nom. C'est une ville en ruine, déserte et maudite.*

– Qu'est-ce qu'une Sentinelle ?

– *C'est une longue histoire, et comme il n'est pas essentiel que tu la connaisses, je ne te la raconterai pas. Sache simplement que nous, les Sentinelles, étions garantes de la sécurité de l'Empire jusqu'à ce que les Ts'liches nous emprisonnent sous la surveillance d'un Gardien. Il serait juste, aujourd'hui, de nous nommer les Figés parce que nous ne pouvons plus bouger et parce que notre pouvoir est paralysé.*

Camille se tut un instant et la voix respecta son silence. Elle essayait de mettre en correspondance tout ce qu'elle savait avec l'intervention de cette mystérieuse Figée. C'était loin d'être évident mais la question suivante lui sembla couler de source.

– Vous savez pourquoi je suis ici ?

– *Bien sûr, c'est moi qui t'ai fait venir.*

Il fallut un moment à Camille pour digérer l'information. Ignorer ce qui se passait était une chose, se savoir manipulée en était une autre et elle n'était pas certaine d'apprécier l'évolution de la situation. Une vague de colère déferla en elle, qu'elle ne tenta pas de contrôler.

– Vous racontez la suite quand vous voulez ! hurla-t-elle. J'ai autre chose à faire qu'à discuter avec une Figée qui a besoin d'un quart d'heure de repos entre deux pensées médiocres !

La réponse fusa, immédiate :

– *Petite insolente, as-tu conscience que tu dépasses les limites ? Je pourrais t'infliger un châtiment tel qu'il te faudrait la vie entière pour t'en remettre !*

Camille éclata d'un petit rire narquois.

– Ça, ça m'étonnerait.

– *Et pourquoi donc, jeune présomptueuse ?*

La voix était devenue menaçante. Camille ne se démonta toutefois pas.

– Tout d'abord parce que lorsqu'on est incapable de se déplacer et qu'on en est réduite à parler à distance, comme un légume pseudo-intelligent, on évite de se montrer trop prétentieuse. Ensuite, parce que si vous m'avez fait venir ici, c'est que vous avez besoin de moi. Alors arrêtez vos menaces idiotes, expliquez-moi la situation et en quoi elle me concerne.

Le silence retomba et Camille se baissa pour cueillir une fleur qu'elle plaça entre ses dents. Elle se calmait peu à peu et se demandait si elle n'avait pas dépassé la mesure. Avant qu'elle n'ait eu le temps de vraiment s'inquiéter, elle entendit de nouveau la voix résonner dans son esprit :

– *C'est bon. Je cède pour l'instant, mais il se pourrait qu'un jour tu regrettes ce manque de respect.*

Camille se contenta de lever les yeux au ciel.

– *Tu es née ici, dans ce monde, et j'ai connu tes parents !*

Camille hoqueta. Ses jambes se mirent à trembler et elle dut s'asseoir.

Son interlocutrice continua, imperturbable :

– *Je n'ai pas le temps de te raconter tout par le détail. Tu es la première personne avec qui je parviens à communiquer depuis sept ans, c'est épuisant et je cours le risque que le Gardien ne s'en aperçoive. Il faut que tu te rendes à Al-Vor. Là, va trouver Duom Nil' Erg, c'est un maître analyste de talent. Il te testera et découvrira peut-être pourquoi c'est toi qui es arrivée ici, et non ton frère.*

– Mon frère ?

Si elle n'avait pas été assise, Camille se serait effondrée. Un frère, elle avait un frère !

La Figée semblait maintenant pressée et le débit de ses paroles s'accéléra.

– *Il est primordial pour l'avenir de ce monde que ton frère revienne. Lui seul a le pouvoir de nous libérer. Il faut que nous rouvrions l'Imagination à nos dessinateurs pour vaincre l'ennemi.*

– Mais…

– *Écoute attentivement ce que te dira Duom Nil' Erg, il saura te guider. Notre seul espoir est que tu possèdes suffisamment de talent pour nous ramener ton frère. J'ai utilisé toute la puissance que j'avais réussi à mettre de côté pour communiquer avec toi, et je vais redevenir impuissante pour longtemps. Peut-être des années !*

– Mais je ne sais pas comment je suis venue ici, ni comment repartir ! J'ignorais jusqu'à présent que j'avais un frère.

– *Tu n'es pas aussi désarmée que tu le crois,* répondit la voix soudain distante, *tu es la fille d'Élicia et Altan Gil' Sayan. Souviens-toi : ton frère et Al-Poll. Notre monde compte sur toi.*

Camille perçut nettement l'arrêt de la communication avec la Sentinelle. Où qu'elle fût, celle-ci était désormais inaccessible. Elle n'envisagea pas de mettre en doute ses paroles. Elles sonnaient trop juste et quelque chose en elle criait qu'elle disait vrai. Elle se leva et inspira longuement.

Ainsi, elle était originaire de ce monde. L'idée lui plaisait assez et elle se surprit à sourire. « Élicia et Altan Gil' Sayan » sonnait quand même mieux que « Françoise et Maxime Duciel ».

Camille écarta les bras. Elle se sentait tout à coup très forte.

À côté d'elle, Salim se redressa.

– Eh, ma vieille, lança-t-il, c'est bien beau de bayer aux corneilles, mais il faudrait peut-être qu'on se décide, tu ne crois pas ?

– Tu as raison, nous allons nous diriger une demi-heure vers le nord-est, puis nous prendrons la piste qui mène à Al-Vor. Et pendant que nous marcherons, je te raconterai une drôle d'histoire. Tu es d'accord ?

12

La traversée de la prairie jusqu'à la piste leur prit une heure. Les herbes hautes entravaient leur marche et les nombreux terriers cachés gênaient leur progression. Cela ne les empêcha pas de remarquer avec émerveillement toutes les différences entre ce monde et le leur. D'énormes fleurs formaient des flaques de couleurs vives au milieu du vert de la prairie, d'étranges papillons virevoltaient autour de leurs corolles. Des oiseaux au plumage bariolé, qui visiblement ne savaient pas voler, déboulèrent à plusieurs reprises entre leurs pieds et Salim en vit un s'engouffrer dans un terrier. Une bande de petits cervidés détala devant eux, en bondissant à des hauteurs surprenantes et en poussant des sifflements aigus. Leur front était surmonté, non d'une paire de bois, mais d'une crête osseuse dentelée.

Quand, plus loin, ils découvrirent le corps d'un de ces animaux éventré et à moitié dévoré par ce qui ne pouvait être qu'un gros carnivore, l'enthousiasme de Camille et Salim chut brutalement.

L'herbe avait été piétinée par une créature manifestement énorme et la prairie leur parut soudain dangereuse.

Ils décidèrent de parler à voix basse et d'avancer avec prudence.

Lorsqu'ils atteignirent enfin la piste, ils se sentirent rassurés. Les profondes ornières creusées dans le sable dur et les traces de chevaux indiquaient une fréquentation régulière.

— Bon, dit Salim, résumons-nous. Tu t'appelles Ewilan Gil' Sayan et non Camille Duciel. Tu dois sauver l'univers en allant chercher un frère que tu ne connais pas. Et pour nous faciliter la vie, ce frère est resté dans notre monde que tu ne peux nous faire réintégrer. C'est ça ?

— C'est à peu près ça, acquiesça Camille. Tu dépeins une situation bien sombre, mais tu as sans doute raison.

Salim secoua les mains.

— Non, non, pas du tout ! Je ne voulais pas être défaitiste. En fait, je trouve ça trop fastoche et super amusant. Par contre, si ça ne t'embête pas, je me contenterai de te suivre, parce que, pour l'instant, j'avoue que je suis un peu perdu.

— Salim, tu es génial.

— Je sais, c'est ce que les journaux disent toujours de moi. Mais tu n'es pas mal non plus dans le genre cadeau-surprise. Bon, on y va ? Faut qu'on trouve ce Duom je ne sais plus quoi pour qu'il te teste. Je suis prêt à parier cher qu'il va être étonné celui-là.

Salim trouvait la situation follement excitante et n'avait qu'une crainte : se réveiller en s'apercevant qu'il avait rêvé.

Une heure plus tard, ils avaient mal aux jambes et leurs estomacs commençaient à crier famine. Bien qu'ils aient croisé plusieurs pistes secondaires et que les signes de fréquentation, empreintes et traces de feux, soient devenus plus nombreux, ils n'avaient encore vu personne.

Des arbustes ployaient sous le poids d'appétissantes baies rouges, mais ils préférèrent ne pas y goûter, pas plus qu'ils ne burent l'eau boueuse d'une mare découverte à proximité de la piste.

La prairie, ils s'en rendirent compte, n'était pas plane. Son relief formait des courbes douces qui suffisaient à masquer l'horizon. Quelques arbres isolés auraient constitué d'excellents points de vue si leurs épines acérées n'avaient dissuadé Salim de les escalader. Le garçon soupira.

– Tu ne peux pas dessiner un autobus ?

Camille ne répondit pas.

– Un vélo alors ? ou une paire de rollers ?

– Arrête de dire n'importe quoi, Salim !

– Tu pourrais y mettre du tien ! s'indigna-t-il. Je suis sûr que c'est possible. Tiens, regarde, je vais essayer.

Salim s'arrêta et, sous le regard étonné de Camille, se prit le front entre les doigts. Il ferma les yeux, feignant de se concentrer intensément.

Camille s'apprêtait à lui lancer une boutade lorsqu'un bruit se fit entendre, d'abord faible et distant, puis de plus en plus fort. Ils aperçurent bientôt une charrette qui s'approchait lentement. Salim sauta en l'air.

– Tu as vu, ma vieille, moi aussi je suis un sorcier du Dessin !

Camille lui donna une tape sur l'épaule.

– Jalouse, cria Salim en riant, ce n'est pas par la violence que tu triompheras de ma puissante magie africaine.

La charrette parvint à leur hauteur. Un petit homme au ventre proéminent et à la peau aussi noire que celle de Salim conduisait l'attelage formé de deux chevaux gris, tandis que, derrière lui, s'entassaient une dizaine de gros sacs de toile rebondis.

Ils lui adressèrent de grands signes et il tira sur ses rênes.

– Oooh ! Sac à Puces ! Oh Grand Gosier ! Oooh !

Les chevaux s'arrêtèrent et le conducteur se pencha vers eux.

– Mais, sacré bon sang, s'exclama-t-il, qu'est-ce que deux piots comme vous fabriquent dans la grande herbeuse ?

Camille réfléchit intensément. Que pouvait-elle répondre ? Il était hors de question de raconter la vérité à cet homme qui avait de bonnes raisons d'être curieux. Elle ne trouvait rien à dire et commença à s'affoler.

– Nous nous rendons à Al-Vor, expliqua alors Salim d'un ton tranquille.

– À pied ?

L'homme semblait stupéfait.

– Non, expliqua Salim, nous sommes partis de chez nous avec un marchand.

Il jeta un coup d'œil rapide au chargement de son interlocuteur et continua :

– Un marchand de graines. Mais nous avons été attaqués par un fauve, une bête atroce. Mon amie est tombée de la charrette et, en voulant la retenir, je suis tombé à mon tour. Le marchand ne nous a pas attendus, il a filé.

L'homme ouvrait de grands yeux.

– Et le fauve ?

– Le fauve ?

– Oui.

– Eh bien, il est reparti sans s'occuper de nous. Peut-être avait-il envie de manger du cheval et pas de l'humain.

– Saperliflûte, les piots, c'est une sacrée aventure ! déclara l'homme en se frottant le crâne. On peut dire que vous avez eu de la chance. Les tigres des prairies sont des bestiaux qu'ont toujours faim. Vous avez dû tomber sur le seul qui soit au régime. Je vais à Al-Vor pour vendre des graines moi aussi. Je vous emmène si vous voulez et je vous promets de pas vous abandonner comme ce... comment que t'as dit que s'appelait ce lâche ?

– Je ne l'ai pas dit, mais je crois bien que c'était Gus Gil' Eiffel.

– Un noble ? Tu dois te tromper...

Salim se mordit les lèvres. Il fallait toujours qu'il en fasse trop.

Camille vola à son secours.

– Bien sûr qu'il se trompe. C'est Gus Eiffel, sans Gil'. Il devait nous emmener chez mon oncle que je n'ai pas vu depuis au moins dix ans.

Le marchand se rasséréna.

– Jamais entendu parler de ce Gus Eiffel, mais si un jour je le croise, il trouvera à qui parler. Abandonner des piots dans la grande herbeuse, quelle honte. Allez, montez. Mon nom à moi c'est Ivan Wouhom, mais appelez-moi Wouwou comme tout le monde.

Camille et Salim grimpèrent à l'arrière, se calant confortablement contre les sacs de graines pendant que Wouwou motivait son attelage pour le départ.

– Hue Sac à Puces ! Hue Grand Gosier !

Salim étira ses jambes avec un gémissement de bien-être avant de se tourner vers Camille.

– Bravo pour tout à l'heure. Tu as rattrapé le coup comme une pro. Mais comment as-tu su qu'il fallait enlever le Gil' à notre célébrité française ?

– La logique, Salim, la logique ! Edwin Til' Illan, Duom Nil' Erg, Altan Gil' Sayan, le point commun à ces personnages est la partie centrale de leur nom. Selon toute probabilité, c'est le signe de leur noblesse.

Salim poussa un sifflement admiratif.

– Ma vieille, tu m'épates. Mais dis-moi, ça signifie donc que tu es noble ?

Camille haussa les épaules.

– Il semblerait que oui.

Salim poussa un second sifflement et croisa les mains derrière sa nuque. Un doux soleil lui chauffait agréablement le visage, l'air était pur, Camille près de lui…

Wouwou se tourna vers eux.

– Les piots, si vous avez l'estomac qui rouspète, y a une miche de pain d'herbes dans le sac à côté de vous. Ma douce l'a fait cuire ce matin. Y a aussi du bon pâté de termites et de quoi vous dessoiffer le gosier. Allez-y, ne vous gênez pas !

Camille ne put retenir une grimace, mais Salim poussa un cri de joie et saisit le sac. La nourriture locale, d'abord surprenante par sa saveur légèrement épicée, s'avéra délicieuse.

Rassasiés, les deux amis s'assoupirent, bercés par le balancement de la charrette.

13

Lorsqu'ils s'éveillèrent, l'immense prairie avait cédé la place à un paysage vallonné, parsemé de bosquets de feuillus et couvert de champs cultivés où travaillaient de nombreux paysans. De grosses fermes fortifiées se dressaient au milieu des cultures.

La charrette peinait en gravissant la piste qui montait régulièrement jusqu'à un col au sommet duquel était bâtie une tour de guet. Sous les encouragements de leur maître, Sac à Puces et Grand Gosier courbaient l'échine. Quand ils parvinrent sur la crête, Al-Vor apparut.

C'était une immense cité, ceinte de remparts crénelés, au centre de laquelle était érigé un puissant château. Une multitude de tentes colorées étaient montées à l'extérieur des murs.

Wouwou dut percevoir l'étonnement de ses passagers, car il expliqua :

– C'est la foire annuelle, les piots. Y a moins de monde que d'habitude, vu qu'la période n'est pas à la joie ni au commerce, mais faut avouer qu'elle reste impressionnante. C'est là que je dois vendre mes graines, et c'est là que nous nous quitterons. De toute façon, y a des foutus gardes pas commodes, qui m'laisseraient pas entrer en ville avec ma charrette et mes deux canassons.

Camille, qui s'était perchée sur le banc à côté de lui, sourit.

– Vous nous avez déjà bien aidés. Nous nous débrouillerons pour la suite.

La charrette descendit lentement vers la ville.

– On se croirait revenus au Moyen-Âge, souffla Salim à l'oreille de son amie en montrant les murailles et les tours. Tout est en pierre, il n'y a pas un seul morceau de béton ou une longueur de fil électrique. Même pas une misérable antenne parabolique...

La route était désormais encombrée par des attelages, des cavaliers et une multitude de piétons. Bientôt, les chevaux de Wouwou avancèrent au pas. Il leur fallut plus d'un quart d'heure pour parvenir aux premières tentes.

Camille piaffait d'impatience.

– Wouwou, finit-elle par dire, si ça ne vous dérange pas, nous allons continuer à pied. J'ai hâte de retrouver mon oncle et je crois que nous irons plus vite si nous vous faussons compagnie.

– C'est tout bon, les piots, acquiesça le marchand de graines. Vous êtes pratiquement arrivés, maintenant. Bonne chance !

Les deux amis le remercièrent chaleureusement et sautèrent sur le bas-côté.

Aussitôt, ils furent bousculés, entraînés par la foule et Salim dut se cramponner à Camille pour ne pas la perdre.

– Eh ma vieille, cria-t-il, ne me quitte pas. Le coin est sympa, mais sans toi je me sentirais un peu trop perdu à mon goût.

Camille sourit et, sans répondre, tendit le bras. Salim s'empourpra puis, après une brève hésitation, il attrapa la main que son amie lui proposait.

Leurs regards étaient sans cesse attirés par les étalages et les merveilles qu'ils présentaient. Les étoffes étaient soyeuses et colorées, certaines magnifiquement brodées, d'autres semblant dégager une lumière propre tant elles resplendissaient. Les odeurs qui montaient des étals de nourriture leur mettaient l'eau à la bouche. Ils ne parvenaient pas, la plupart du temps, à découvrir la nature des aliments proposés, mais leurs estomacs étaient au supplice. Salim soupira lorsque Camille l'arracha à la contemplation de morceaux de viande rôtie enroulés dans des feuilles dorées nappées d'une sauce odorante.

– Ne rêve pas, lui conseilla-t-elle gentiment, nous ne pouvons rien acheter.

Les transactions s'effectuaient à l'aide de pièces de monnaie de forme triangulaire, percées d'un trou en étoile. La plupart des commerçants et des acheteurs les rangeaient dans des bourses de cuir pendues à leur cou ou à leur ceinture. Aucun signe de billets ou d'un quelconque autre moyen de paiement.

Camille s'arrêta un moment devant une table pour admirer une collection de pierres ciselées. Il y avait là des gemmes précieuses, mais aussi des miniatures sculptées avec une minutie extraordinaire dans des minéraux inconnus. Elle caressa du bout des doigts la pierre ts'liche dans sa poche. Rien, devant elle, ne lui ressemblait.

Plus loin, des étalages proposaient une profusion de vieux grimoires reliés de cuir, de bois ou de marbre, mais les plus surprenants présentaient des animaux vivants. Ils s'émerveillèrent ainsi devant une volière bruyante et colorée avant de s'attarder face à une série de cages, suspendues à la hauteur des yeux. Des animaux gros comme des chats, couverts d'une fourrure bleutée, s'y tenaient debout, agrippant les barreaux de leurs mains minuscules curieusement semblables à celles des hommes. À côté, un commerçant, un gros lézard vert sur l'épaule, hélait les passants :

– Gobeurs d'Ombreuse ! Pour en finir avec les mouches, tsizinas et autres guêpes ! Gobeurs d'Ombreuse !

Comme pour l'aider dans son travail, le lézard ouvrit tout à coup la gueule. Une langue démesurément longue en jaillit et s'enroula autour d'un insecte qui voletait à proximité. En un éclair, le gobeur ramena sa proie et l'avala placidement.

Les gens s'interpellaient, criaient, marchandaient, se bousculaient.

– Marchombre, marchombre !

Le cri avait fusé, dominant le brouhaha.

Il fut repris, étalage après étalage, par les vendeurs dont le visage s'était assombri. Camille et Salim, stupéfaits, les virent scruter la foule avec suspicion.

Tout près d'eux, un commerçant jeta une étoffe sur ses miniatures en bois. Le comportement des passants, aussi, avait changé. Ils étaient soucieux et beaucoup portèrent leurs mains à leur ceinture ou à leur cou pour vérifier la présence de leur bourse. Camille s'apprêtait à demander des explications, lorsque Salim lui serra la main.

– Regarde, murmura-t-il, c'est extraordinaire !

Camille suivit son regard sans rien remarquer.

– Tu as vu ? demanda le garçon. Il est fantastique.

Son amie écarquilla les yeux en signe d'incompréhension. Salim, surexcité, tendit le doigt.

Un homme d'apparence banale passait d'étal en étal, n'accordant aux marchandises qu'un bref coup d'œil avant de continuer son chemin. Un flâneur parmi des centaines d'autres.

– Marchombre ! hurla soudain un marchand de bijoux.

Le commerçant, catastrophé, contemplait l'emplacement qui avait été occupé par une bague magnifique, maintenant volatilisée.

– C'est lui, souffla Salim en montrant du menton le badaud qu'il venait de désigner à Camille.

Ils lui emboîtèrent le pas.

– Encore ! s'exclama Salim. Je ne sais pas comment il fait !

Camille fronça les sourcils et fixa l'homme au risque de percuter quelqu'un. Quelques mètres plus loin, Salim lui serra à nouveau la main mais, cette fois-ci, elle était attentive et vit toute l'action.

Le geste avait été si rapide, si fluide, qu'il était indécelable par quiconque n'avait pas son attention focalisée sur lui.

La main de l'homme fusa dans un mouvement souple, presque reptilien. Ses doigts se refermèrent sur une effigie de bois sombre qui, en une infime fraction de seconde, disparut dans sa manche.

Comme alerté par un sixième sens, l'homme se retourna. Il détailla les deux amis et porta son index dressé devant sa bouche en leur adressant un clin d'œil. Puis il ne fut plus là.

Camille écarquilla les yeux. Il avait tout simplement disparu !

– Marchombre ! s'époumona le propriétaire de la statuette.

Salim fit une moue admirative.

– Si un marchombre est quelqu'un d'aussi doué que cet inconnu, glissa-t-il à l'oreille de Camille, alors je connais mon futur métier.

– Mais il a disparu, objecta-t-elle, et...

– Mais non, la coupa Salim, viens voir.

Il entraîna son amie jusqu'au stand où le marchand pleurait son bien volé.

– Regarde !

Entre deux étalages, un pan de tissu avait été fendu sur toute sa hauteur.

– Je n'ai jamais vu personne se déplacer aussi vite et avec autant de précision ! s'exclama-t-il. Il s'est glissé dans l'ouverture en moins de temps qu'il ne te faut pour boire un verre de whisky. Jolie comparaison, non ?

Camille soupira.

– Eh bien, monsieur le futur marchombre, il va te falloir travailler. Surtout si tu veux que ton esprit soit aussi fin que tes gestes.

14

Ils se remirent en route, fendant une foule de plus en plus compacte pour parvenir aux portes de la ville. Les immenses battants de bois, épais de plus de quarante centimètres, étaient ouverts, quatre gardes en armure surveillant l'accès.

Camille et Salim marquèrent un temps d'arrêt.

Jusqu'à présent, hormis Edwin, les gens qu'ils avaient rencontrés n'étaient pas vêtus de manière très différente de la leur. Certes, le blouson en jean de Salim avait suscité quelques regards incrédules, mais les vêtements locaux, tuniques et pantalons de toile, étaient suffisamment simples pour que les leurs ne choquent pas.

En découvrant les soldats, Camille, et surtout Salim, prirent conscience pour la première fois qu'ils avaient basculé dans un autre monde.

Les gardes étaient de véritables colosses. Hauts de presque deux mètres, ils portaient une armure articulée de cuir et d'acier. Ils étaient coiffés d'un casque qui protégeait le nez et descendait bas sur la nuque, ils tenaient à la main une lance à l'impressionnante lame dentelée. Un blason doré, représentant un rameau, était peint au centre de leur pectoral. Ils observaient avec attention les personnes qui entraient et sortaient de la ville.

Camille et Salim se consultèrent du regard puis passèrent en retenant leur souffle.

Les soldats ne bougèrent pas et les deux amis se détendirent.

À l'intérieur des murailles, la foule s'éclaircit. Les rues étaient pavées d'immenses dalles de pierre grise. Les maisons soigneusement entretenues qui les bordaient présentaient un à deux étages. Leurs façades étaient décorées de plantes grimpantes, et des fleurs s'épanouissaient aux fenêtres.

L'ensemble évoquait irrésistiblement une cité médiévale, mais Camille, qui était férue d'histoire, savait que jamais aucune rue du Moyen-Âge n'avait été aussi propre. Pas de trace ici d'égouts en plein air, de tas d'immondices ou d'animaux en liberté.

Elle entraîna Salim vers le château, suivant son instinct qui lui soufflait que, si Duom Nil' Erg était un personnage important, il résidait là. Cependant, au bout d'un moment elle s'arrêta.

– Je crois, dit-elle, que nous avons un problème. Je m'étais imaginé que ce Duom Nil' Erg tenait un magasin ou quelque chose dans ce genre, mais finalement, rien n'est moins sûr.

– Il suffit de demander à quelqu'un, proposa Salim.

– Et que veux-tu demander ? À part son nom, nous ne savons rien de lui, et vu la taille de la cité, ce serait un miracle qu'un passant le connaisse. Analyste n'est peut-être même pas un métier...

Les deux amis se tenaient près d'une fontaine, au centre d'une placette non loin d'une auberge, *Le Chien-qui-dort*.

Une poignée de clients, attablés à l'extérieur, parlaient fort et riaient beaucoup. L'un d'eux, un solide gaillard blond portant les cheveux nattés, se leva pour poursuivre son histoire plus à son aise.

– Et au moment où le Ts'lich allait me porter le coup de grâce, j'arrive enfin à libérer ma hache. Je pare in extremis l'attaque de sa lame, je me redresse, et là, dans les yeux du monstre, je lis la peur. Je comprends qu'il veut fuir. Trop tard ! D'un puissant revers, je tranche son cou hideux et il tombe raide mort, son sang rouge éclaboussant les alentours.

L'homme se tut, prenant une posture avantageuse. Autour de lui, ses compagnons paraissaient perplexes.

– Il était nain, ton Ts'lich, non ?

– Arrête de boire, Bjorn, tu délires !

– Où as-tu mis son cadavre, gros malin ?

Le dénommé Bjorn prit l'attitude noble de l'incompris qui pardonne.

Il jeta un coup d'œil circulaire pour voir si d'éventuels auditeurs avaient été séduits par son discours et ses yeux tombèrent sur Camille.

Il la fixa un instant, comme si un souvenir remontait lentement à la surface de son esprit, puis un grand sourire éclaira son visage.

– Vous ne me croyez pas, cria-t-il, vous allez voir !

Il se précipita vers elle.

Camille et Salim, éberlués, le regardèrent arriver sans bouger. Il saisit le bras de la jeune fille et se tourna vers ses compagnons de table.

– J'ai la preuve ! hurla-t-il, manquant lui démettre l'épaule dans son excitation.

– Mais laissez-moi, protesta-t-elle, vous me faites mal.

– Lâche-la, gros tas ! menaça Salim.

Bjorn ne sembla pas les entendre. Traînant Camille derrière lui, il retourna vers ses amis. Salim se préparait à un assaut aussi courageux qu'inutile, lorsque l'homme se décida à la libérer. Elle se tint un instant immobile, se massant l'épaule, puis explosa.

– Vous êtes né avec une bouse à la place du cerveau ou quoi ? Où avez-vous vu jouer qu'on arrache les bras des gens qu'on ne connaît pas, espèce de gorille sans cervelle ?

Bjorn la dévisagea, surpris par ces invectives.

– Je suis désolé, jeune demoiselle, loin de moi l'idée de vous rudoyer. Je voulais simplement que vous apportiez votre témoignage et que vous confirmiez ce que je racontais à l'instant à ces honorables messieurs.

Les honorables messieurs étaient, pour l'heure, pliés de rire. Camille réprima un sourire.

– Comment voulez-vous que je témoigne ? Je ne sais pas de quoi vous parlez.

– Mais bien sûr que si ! affirma Bjorn. Vous savez !

– Et pourquoi donc ?

– Parce que vous étiez là lorsque j'ai combattu le Ts'lich !

Il y avait une nuance d'angoisse dans la voix du colosse et Camille l'observa attentivement. Soudain, la lumière se fit dans son esprit.

– Le chevalier en armure, c'était vous ?

– Mais oui, c'est ce que je me tue à vous expliquer ! Pouvez-vous alors, je vous en supplie, confirmer que j'ai bien occis cette créature ?

Camille dut faire un effort pour ne pas éclater de rire. La situation, pour étonnante qu'elle fût, était surtout comique. Bjorn attendait son verdict avec tant d'émotion qu'elle ne se sentit pas le cœur de le décevoir.

Elle se tourna vers les convives attablés.

– C'est vrai, affirma-t-elle.

Les rires cessèrent et Bjorn carra les épaules.

– En effet, j'ai vu ce chevalier affronter vaillamment un Ts'lich. Il était vêtu d'une belle armure, c'est pourquoi je ne l'ai pas immédiatement reconnu.

– Et le Ts'lich ? demanda quelqu'un.

– Je me suis enfuie avant la fin du combat, je n'ai donc pas assisté à sa mise à mort.

Comme les railleries reprenaient, Camille ajouta :

– Mais j'ai vu avec quelle ardeur et quel courage ce chevalier luttait contre ce monstre. Je ne doute pas qu'il l'ait emporté.

Elle avait décidé de passer sous silence les multiples vols planés du chevalier et son atterrissage final dans le roncier.

Quand les applaudissements éclatèrent et qu'elle vit une joie naïve se peindre sur le visage de Bjorn, elle fut heureuse d'avoir pris cette décision.

— À boire pour tout le monde, clama le grand che-valier, surtout pour mes deux amis !

Il saisit Camille et Salim par les épaules et leur ménagea une place autour de la table.

Le tavernier apporta de nouveaux pichets de bière fraîche et Camille grimaça.

— Désirez-vous autre chose, demoiselle ? s'inquiéta Bjorn.

Il lui commanda aussitôt un verre de lait de sif-fleur.

— Je vous suis redevable de beaucoup, poursuivit-il, puisque grâce à vous, mon honneur est sauf.

— Votre Seigneurie, murmura-t-elle en se penchant vers lui, a oublié que le sang des Ts'liches est vert, pas rouge. Peut-être est-ce parce que vous n'en avez pas assez vu…

Le sourire de Bjorn disparut, pour revenir aussitôt.

— À votre discrétion ! chuchota-t-il en levant son verre.

Camille éclata de rire.

15

Il avait fallu faire des pieds et des mains pour que Bjorn accepte de leur rendre la liberté.

Salim, qui peinait à achever sa chope de bière, devait sans cesse empêcher qu'on le resserve et Camille, lorsqu'elle essayait de se lever, se voyait contrainte d'affronter un nouveau verre de lait.

Finalement, elle décida de ruser et interpella le chevalier qui semblait avoir perdu une partie de ses moyens dans l'alcool. À l'instar des autres hommes, il parlait fort, gesticulait beaucoup et son visage avait pris une couleur rouge vif.

– Bjorn, nous devons vous quitter. Une longue quête nous attend.

Elle avait insisté sur le mot quête et l'effet ne se fit pas attendre.

Il bondit sur ses pieds.

– Que ne le disiez-vous plus tôt ! Bjorn Wil' Wayard est votre homme ! Quel monstre s'agit-il d'occire cette fois ?

Camille sourit.

– Ce n'est pas une quête guerrière, Bjorn. Il s'agit d'une quête beaucoup plus personnelle, mais tout aussi importante.

Le chevalier se frappa la poitrine, ce qui faillit le faire basculer en arrière.

– Peu importe, comment puis-je vous aider ?

– Nous cherchons un dénommé Duom Nil' Erg.

– L'analyste ! Que diable avez-vous à traiter avec lui ?

Camille chercha en vain une réponse ; ce fut Bjorn qui la tira d'embarras.

– Suis-je sot ! C'est une quête, et donc un secret ! Ne me révélez rien, je vais vous conduire jusqu'à lui.

Le chevalier se tourna vers ses compagnons.

– Continuez la fête, camarades, je serai bientôt de retour. Pour l'instant, le devoir m'appelle.

Il se dirigea avec quelques hésitations vers la fontaine dans laquelle il plongea la tête. Lorsqu'il la ressortit, dégoulinante, il souriait et paraissait avoir retrouvé son équilibre.

– Allons-y !

Les deux amis lui emboîtèrent le pas. Le chevalier les conduisit à travers la ville jusqu'à une large rue qui débouchait sur le château.

– Voilà, leur annonça-t-il, le cabinet de l'analyste se trouve à une centaine de mètres d'ici. Si ça ne vous fait rien, je ne vous accompagnerai pas plus loin. Je préférerais combattre un tigre des prairies à mains nues plutôt que d'approcher Duom Nil' Erg de trop près.

– Il est si terrible que ça ? s'étonna Camille.

– C'est lui qui m'a testé quand j'ai eu dix-huit ans et j'en garde un souvenir affreux.

– Pourquoi ?

– Je ne sais pas vraiment. Peut-être ai-je été atrocement vexé de ne détenir qu'un tout petit cercle bleu et un unique point jaune ?

Bjorn sourit tristement puis se reprit.

– N'allez surtout pas lui raconter ça, vous deux. Je peux vous faire confiance, n'est-ce pas ?

– Promis ! dit Salim en se mordant les lèvres pour ne pas rire.

– Bon, je vous laisse maintenant. Je compte rester trois ou quatre jours à l'auberge du *Chien-qui-dort*. Si vous avez besoin de quelque chose, n'hésitez pas à venir me trouver.

Sur un dernier salut, le chevalier fit demi-tour et s'éloigna d'une démarche assurée.

– Qu'est-ce que c'est que ces histoires de cercle, de point et de couleurs ? s'étonna Salim.

– Nous n'avons qu'une chose à faire pour le savoir.

– Laquelle, chef ?

– Devine ! Allez, en route.

Une enseigne en métal argenté annonçait : Duom Nil' Erg, maître analyste. Au-dessous du nom, un dessin représentait trois cercles imbriqués.

Une lourde et impressionnante porte barrait le passage. Salim s'effaça devant son amie.

– Honneur aux dames !

Camille inspira longuement et poussa l'huis qui céda sans aucune difficulté.

Le perron s'ouvrait sur une pièce en contrebas de trois marches. Lorsque ses yeux se furent accoutumés à la pénombre qui y régnait, elle discerna un large comptoir de pierre, de profonds fauteuils de cuir et une multitude de cadres accrochés aux murs.

Ils entrèrent.

– C'est pour quoi ?

La voix était sèche. De surprise, Salim faillit bondir dans la rue.

Camille fit un pas en avant.

– Je cherche Duom Nil' Erg.

– C'est moi. Que veux-tu ?

Elle distingua enfin celui qui parlait.

C'était un petit homme, à peine plus haut que le comptoir derrière lequel il se tenait, et qui semblait aussi vieux qu'une momie.

Camille se sentit tout intimidée.

– On m'a dit de m'adresser à vous pour que vous me testiez.

– Trop jeune !

La voix était froide, sans appel.

– Mais…

– Trop jeune. Je ne teste qu'à partir de dix-huit ans, lorsque le don est installé.

– C'est important !

Duom Nil' Erg leva les yeux et fixa Camille qui se raidit.

– Jeune fille, tu me fais perdre mon temps. Mes tarifs, pour une analyse, sont certainement au-delà de ce que tu peux imaginer.

Camille fut balayée par un frisson de désespoir. Depuis son entretien avec la Sentinelle figée, elle s'était préparée à cette rencontre, elle la savait vitale, et voilà que ce vieillard refusait de la tester.

Elle enfonça ses mains dans ses poches pour se donner une contenance et toucha la pierre bleue qu'elle avait pris l'habitude de faire tourner entre ses doigts.

Une idée germa dans son esprit, qu'elle mit immédiatement en application. « C'est peut-être une sphère graphe », avait dit Edwin, et le Ts'lich, un peu plus tard, l'avait confirmé.

– Je peux vous payer, lança-t-elle, et cher.

Un sourire naquit sur les lèvres de Duom Nil' Erg.

– Tiens donc, et avec quoi ?

– Avec ça !

Camille posa la pierre sur le comptoir.

L'analyste fit mine de la saisir, mais ses doigts s'arrêtèrent à quelques millimètres de sa surface.

– Une sphère graphe ts'liche ! s'exclama-t-il. Comment te l'es-tu procurée et comment parviens-tu à la tenir ?

Il se tut soudain et parut se concentrer.

Camille vit le dessin prendre naissance, beaucoup plus net que celui d'Edwin allumant le feu, presque aussi beau que les siens, en fait, et une lumière sans source visible éclaira chaque détail de la pièce.

Salim poussa un sifflement. La salle, richement meublée, était tapissée de tableaux. Tous représentaient trois cercles, un rouge, un bleu et un jaune, qui se découpaient sur un fond blanc. Seules la position et la taille des cercles variaient. Sous chaque cadre était inscrit un nom en lettres d'or.

Duom Nil' Erg tenta à nouveau de saisir la pierre puis, devant son échec répété, l'examina avec une loupe. Il reposa finalement son instrument.

– C'est bien un objet de pouvoir ts'lich, déclarat-il à Camille qui ne l'avait pas quitté des yeux. Les propriétaires de ce genre de babiole ne s'en défont jamais de leur plein gré et je n'ai connu que deux humains capables d'en toucher un. Comment te l'es-tu procuré ?

Camille n'hésita pas.

– Je l'ai trouvé par terre, aussi bête que cela paraisse. Acceptez-vous cette pierre comme paiement d'une analyse ?

Le visage de Duom Nil' Erg perdit son air sévère.

– Elle vaut beaucoup plus que ça. Les dessinateurs utilisent les sphères graphes pour leurs incursions dans les Spires. Celle-ci est de fabrication ts'liche et ne peut donc être utilisée par un humain. Elle a toutefois une valeur inestimable.

– Mais il faut que je sois testée !

– Du calme jeune fille, du calme. Je vais t'analyser puisque tu y tiens tant, et gratuitement.

– Merci, s'exclama Camille, merci beaucoup !

– Inutile de me remercier. Je doute que le résultat de ton analyse soit concluant. Rares sont ceux qui ont un don, et tu es dans tous les cas trop jeune d'au moins trois ans. Je suis néanmoins surpris par ta capacité à toucher la sphère ts'liche et curieux de te connaître mieux. Sais-tu ce qu'est une analyse ?

– Non, avoua Camille, pas vraiment.

– C'est bien ce qu'il me semblait. Je vais essayer de t'en faire comprendre l'essentiel. Le don, ou l'Art du Dessin, existe grâce à trois forces, la Volonté, la Créativité et le Pouvoir. Ces trois forces existent en chacun de nous, mais souvent de manière trop embryonnaire ou disproportionnée pour que leur possesseur soit un dessinateur. Mon art consiste à jauger l'intensité de chacune de ces forces, à les situer les unes par rapport aux autres. Suis-moi.

Duom Nil' Erg contourna le comptoir et, en compagnie de Camille, il rejoignit Salim qui examinait les cadres.

– Ces tableaux, reprit l'analyste, correspondent au test qu'ont passé de brillantes personnes. Le cercle rouge correspond à la Volonté, le bleu à la Créativité et le jaune au Pouvoir. Regarde, chaque tableau est unique. Il correspond à la manière de chacun des dessinateurs de se représenter les Spires et de s'y déplacer. Il symbolise son don.

– Je comprends mal ce que sont les Spires, avoua Camille.

– Rien de plus simple. L'imagination, sans majuscule, est quelque chose de très personnel, la faculté de se représenter des choses qui n'existent pas en réalité. L'Imagination est une dimension, un univers si tu préfères, mais immatériel, et les Spires sont les chemins qui parcourent cet univers. Il y a une infinité de chemins, une infinité de possibles, qu'ouvre le pouvoir du dessinateur. Celui qui possède les trois forces peut pénétrer dans l'Imagination et, selon la puissance de son don, s'y enfoncer plus ou moins profondément. C'est cette puissance que je teste.

Il les entraîna vers le mur le plus éloigné de l'entrée.

– Voici l'analyse de Sil' Afian, notre Empereur.

Dans un tableau semblable aux autres s'étendait un grand cercle rouge qui en touchait presque les bords. Parfaitement centré sur lui, le cercle jaune était deux fois plus petit tandis qu'en périphérie, le cercle bleu paraissait presque anodin et sortait un peu de la limite définie par le rouge.

– La taille des cercles, leur agencement, leur place, tout est important, mais le don n'est fort que lorsque trois cercles de même taille s'interpénètrent. Plus la partie commune est importante, plus le don est puissant. Voyez, notre Empereur a une Volonté presque inhumaine et son Pouvoir est fort, mais son manque de Créativité l'empêche d'être un véritable dessinateur.

Duom Nil' Erg sourit en considérant la toile.

– Cela dit, reprit-il, on ne lui demande pas de dessiner, mais de gouverner. Pour cette tâche, son test est parfait. Je vous laisse regarder pendant que je prépare l'analyse.

Le vieillard quitta la pièce par une porte dissimulée derrière le comptoir.

– Tu as compris quelque chose ? s'enquit Salim.

– Bien sûr, pas toi ?

– Non, mais je n'ai pas tout écouté. À quoi ça va te servir de connaître la taille de tes cercles ?

– À comprendre la nature de mon pouvoir, expliqua Camille, et à mieux l'utiliser.

– Bien chef ! Regarde, Edwin Til' Illan, c'est le nôtre ?

Salim désignait un cadre proche de celui de l'Empereur. Camille s'en approcha. Si le cercle rouge et le cercle bleu, de taille identique, se superposaient presque, le cercle jaune, plus petit, était complètement à l'écart.

– Qu'est-ce que ça veut dire ? demanda Salim.

– Edwin possède les trois forces, mais son cercle de Pouvoir est décentré. Si j'ai bien compris maître Duom, Edwin ne doit pas être un très bon dessinateur.

Camille et Salim continuèrent à arpenter la pièce en essayant d'interpréter les tableaux.

Ce fut Camille qui les découvrit.

Ils étaient côte à côte, Élicia et Altan Gil' Sayan. Leurs dessins étaient presque identiques : trois cercles de même taille formant une rosace au vaste centre. Camille s'apprêtait à appeler Salim, lorsque Duom Nil' Erg entra.

– C'est prêt. Si vous voulez bien me suivre.

La pièce voisine était beaucoup plus petite. Au centre se trouvaient un fauteuil en bois foncé et une table basse sur laquelle reposait un complexe assemblage de cristal et de métal argenté, dans un écrin tendu de satin.

L'analyste pria Camille de s'installer sur le fauteuil, puis il lui couvrit le visage d'un masque de soie. Il déploya sur le mur, face à elle, un vaste pan de tissu de velours blanc.

Après avoir recommandé à Salim de ne pas intervenir, il recula de trois pas. Il se concentra et la pièce s'obscurcit. Seul le montage de cristal, sur la table, luisait doucement.

– Un scintilleur est un appareil extrêmement subtil, expliqua-t-il. Sa structure s'étend dans l'Imagination ; si tu peux dessiner, il le découvrira. Tu es prête ?

– Oui, répondit Camille d'une voix un peu tendue, que dois-je faire ?

– Rien. Laisse-toi guider par le scintilleur et laisse-moi guider le scintilleur.

Tout d'abord, il ne se passa rien. Puis une explosion de couleurs jaillit du cristal et nimba Camille d'un halo chatoyant.

Salim ferma les yeux un instant, tant la lumière était vive. Quand il les rouvrit, après une infime hésitation, il discerna brièvement trois cercles lumineux en mouvement devant son amie puis, soudain, le cristal s'éteignit.

Lorsque la lumière revint, Duom Nil' Erg ôta délicatement le masque des yeux de Camille et le reposa sur la table. Ses mains tremblaient légèrement alors qu'il contemplait le résultat du test avec stupéfaction.

– C'est impossible, marmonna-t-il, cette figure n'existe que dans les livres.

Camille se redressa. Un seul et immense cercle noir occupait tout l'espace du pan de velours blanc.

Le vieil analyste finit par planter son regard dans le sien.

– Mais qui es-tu ? demanda-t-il. Qui es-tu donc ?

16

– **V**oilà, conclut Camille, vous savez tout.

Ils étaient attablés face à Duom Nil' Erg. Après le
test, il avait fallu quelques minutes au vieil homme
pour se reprendre. Il les avait ensuite entraînés
dans un salon où il leur avait servi une décoction
de plantes et avait demandé à Camille de lui raconter ses aventures. Sans rien omettre !

Elle avait hésité un instant, puis avait commencé
son récit.

Lorsqu'elle eut fini, l'analyste se rejeta en arrière
sur sa chaise.

– Ainsi donc, tu es Ewilan Gil' Sayan. J'aurais dû
m'en apercevoir, tu es le portrait de ta mère.

Camille tressaillit.

– Vous connaissez ma mère ?

Le vieil homme eut un sourire triste et croisa ses
mains sous son menton.

– Je l'ai bien connue. Elle était, avec ton père, la
meilleure dessinatrice de l'Empire. C'était aussi
une femme belle et bonne.

– Vous dites « elle était », cela signifie qu'elle... ?

– Qu'elle est morte ? Je ne sais pas. Mais c'est malheureusement probable. Tes parents ont disparu il y a un peu plus de sept ans, dans des circonstances dramatiques. Je te raconterai tout cela plus tard, si nous en avons le temps.

Camille fronça les sourcils.

– Qu'y a-t-il de si urgent pour que personne ne prenne le temps de m'expliquer ce qui arrive ?

Duom Nil' Erg se gratta le crâne, comme pour rassembler ses pensées et commença.

– L'Empire est en guerre...

– Contre les Raïs et les Ts'liches au Nord, le coupa Salim, et les pirates alines au Sud. Edwin nous a déjà raconté ça.

L'analyste le regarda avec étonnement, puis sourit.

– Tu as certainement une place dans ce puzzle, toi aussi, mais que je sois rôti si je devine laquelle. Bon, je ne peux pas vous expliquer en une heure la géographie et l'histoire de l'Empire, mais je vais essayer de vous en faire un résumé. Tout indique que les humains sont arrivés ici, il y a plus de trois mille ans, en provenance de votre monde. Il n'y a aucune preuve véritable, mais cela expliquerait que nous n'ayons pas connaissance d'une quelconque préhistoire alavirienne. Comment s'est produit le passage, nous n'en savons rien. Bien que quelques créatures comme les marcheurs possèdent cette faculté, faire le pas sur le côté est une capacité intimement liée à l'Art du Dessin. Il est difficile de croire que toute une partie de l'humanité possédait ce don et l'a utilisé au même moment pour émigrer. Quoi qu'il en soit, des humains ont changé de monde et l'Empire de Gwendalavir est leur principale possession. Au-delà de nos frontières, il existe de nombreuses terres restées sauvages, inexplorées et d'autres habitées par des races non humaines.

– Les Ts'liches ? demanda Salim.

– Les Ts'liches, en effet, ne sont pas humains et ne possèdent pas de royaume. Ils vivent aux dépens des peuples qu'ils assujettissent et sont nos principaux ennemis. Il y a bien longtemps de cela, alors que la société humaine n'était pas organisée en Empire, les Ts'liches nous ont envahis et réduits en esclavage. Ce fut le début d'une terrible période, l'Âge de Mort, qui a duré cinq siècles. Ils nous utilisaient comme esclaves, comme jouets et comme source de nourriture. Pour empêcher nos dessinateurs de se rebeller, ils avaient placé un verrou dans les Spires.

– Encore ce verrou ! s'exclama Camille. Edwin nous en a parlé, qu'est-ce que c'est au juste ?

– Une barrière dans l'Imagination qui interdit aux dessinateurs de trop s'avancer dans les Spires, et bride ainsi leur pouvoir. Il y a mille cinq cents ans de cela, les hommes se sont libérés du joug ts'lich grâce à nos dessinateurs menés par le plus grand de tous, Merwyn Ril' Avalon. La puissance des guerriers lézards a été brisée et l'accès aux Spires a été rouvert. Les Ts'liches ont été décimés et, comme ils forment une race très ancienne qui se reproduit difficilement, nous avons cru qu'ils ne représentaient plus de danger. Nous nous leurrions !

– Ils étaient encore nombreux ? questionna Salim.

– Non, nous ne nous trompions guère sur leur nombre, mais nous sous-estimions leur malveillance, leur soif de revanche et surtout leur capacité à asservir les autres peuples. Ils se sont réfugiés dans les contrées du Nord, chez les Raïs qu'ils n'ont eu aucune difficulté à soumettre. Les Raïs sont des êtres frustes et violents dirigés par une lignée de rois fous et sanguinaires. Ils rêvent de conquérir Gwendalavir afin de s'approprier les richesses qu'ils ne sont pas capables de créer, mais ils étaient jusqu'alors trop désorganisés pour se montrer réellement dangereux. Les Ts'liches ont pris la tête des armées raïs, formées de guerriers innombrables et stupides, puis ils ont ourdi de nouveaux plans. Sans se presser, car le temps glisse sur eux sans les atteindre, mais avec le désir brûlant de se venger et de nous anéantir. Inconscient du péril, l'Empire a vu le jour tel que nous le connaissons aujourd'hui. Un ordre regroupant les plus puissants dessinateurs, les Sentinelles, a été créé et chargé de veiller sur les Spires. Au nombre de douze, ces hommes et ces femmes ont toujours consacré leur vie et leur don à l'Empire, et grâce à eux, pendant près de quinze siècles, nous avons vécu en paix ou presque. Nous maintenions sans trop de difficultés les Raïs derrière la chaîne du Poll. Les Frontières de glace, seul endroit où elle soit franchissable, ont de tout temps été gardées par nos meilleures troupes. Les Faëls, au-delà de la grande forêt de Baraïl à l'ouest, ne sont pas belliqueux et les montagnes de l'Est nous protégeaient d'autres ennemis possibles.

– Et au sud ? demanda Salim.

– L'océan. Les pirates alines étaient une gêne importante pour le commerce maritime, mais ne représentaient pas alors un véritable danger.

– Les Ts'liches ont fini par revenir, le devança Camille.

– Oui, mais ce sont les hommes qui leur ont ouvert la porte. Il y a sept ans, un groupe de Sentinelles mené par Éléa Ril' Morienval, une dessinatrice ambitieuse et sans scrupules, a prétendu que les Ts'liches avaient disparu, que veiller était désormais inutile, qu'ils avaient droit aux richesses et au pouvoir. Ils se sont opposés aux deux plus puissants d'entre eux, Élicia et Altan Gil' Sayan.

– Mes parents... murmura Camille.

– Oui. Sept Sentinelles sont entrées en dissidence tandis que trois restaient neutres. Seuls tes parents se sont élevés contre ce qu'ils considéraient être une trahison. Pour eux, le danger ts'lich était toujours bien réel. Un violent affrontement a opposé les sept traîtres à tes parents. Élicia et Altan Gil' Sayan étaient de puissants dessinateurs, mais les autres étaient trop nombreux et ils ont été vaincus. On ignore ce qu'ils sont devenus.

Camille se sentit envahie par un flot de haine qui l'étonna et qu'elle tenta de juguler.

– Et ensuite ?

– Les Ts'liches veillaient. Profitant de ce que tes parents étaient hors de combat, ils sont passés à l'attaque. Les félons, diminués par leur récente lutte, n'ont pas pu résister.

– Ils sont morts ?

– Non. C'étaient de puissants dessinateurs eux aussi. On ne peut anéantir facilement une Sentinelle. Les traces retrouvées sur le lieu de la bataille nous ont renseignés sur leur sort. Les Ts'liches les ont figés, c'est-à-dire immobilisés et privés de leur don, avant de les enfermer dans un endroit inconnu. Nous les avons cherchés longuement, mais toutes nos tentatives ont été vouées à l'échec et nous avons dû renoncer. Grâce à toi, nous savons maintenant que les Sentinelles captives se trouvent à Al-Poll, une cité oubliée des montagnes du Nord.

Camille écarquilla les yeux.

– Pourquoi les Sentinelles ont-elles agi ainsi ?

– L'explication communément admise est celle que je viens de te donner. Les Sentinelles voulaient cesser un labeur difficile et peu gratifiant pour profiter des richesses qu'elles pensaient mériter mais, à mon avis, le rôle d'Éléa Ril' Morienval a été sous-estimé. Je suis persuadé qu'elle avait d'autres objectifs, qu'elle voulait prendre le pouvoir et qu'elle a peut-être conclu une alliance avec les Ts'liches avant qu'ils ne la trahissent. Découvrir ce qui s'est réellement passé n'est malheureusement plus une priorité aujourd'hui. Nos armées sont en train de se faire tailler en pièces par les Raïs.

Camille n'avait pas suivi la dernière partie des explications de maître Duom. Celui-ci s'en aperçut et lui jeta un regard interrogateur. Elle fronça les sourcils et fixa les yeux sur lui.

– Donc la Figée qui m'a parlé...

– ... est certainement la femme qui a trahi tes parents.

17

– La vipère ! explosa Salim.

– Ne t'emballe pas, mon garçon, lui conseilla Duom Nil' Erg.

– Ne pas m'emballer ? Cette traîtresse s'est permis de faire amie-amie avec Camille, alors qu'elle a peut-être causé la mort de ses parents. Elle est pétrifiée dans sa cave et continue à manigancer. C'est un monstre qu'il faut mettre hors d'état de nuire !

La verve et l'indignation de Salim tirèrent un sourire au vieil analyste.

– Je suis heureux qu'Ewilan ait un défenseur aussi fervent que toi. Mais le véritable problème de l'Empire, ce sont les Ts'liches et le verrou qu'ils ont placé dans les Spires, pas Éléa Ril' Morienval.

– Peut-être, ronchonna Salim, n'empêche qu'elle voudrait qu'on la libère et…

– C'est ce qu'il faut faire, le coupa Camille. Pour sauver l'Empire, nous devons délivrer les Sentinelles. Elles seules peuvent briser le verrou ts'lich dans les Spires. C'est bien cela, maître Duom ?

L'analyste s'exclama, avec une moue appréciative :

– Éveiller les Figés ! C'est un rêve qui hante les nuits de notre Empereur, une quête qui a jeté sur les routes nos plus preux chevaliers, le seul espoir pour Gwendalavir. Et c'est maintenant chose envisageable…

Il s'apprêtait à poursuivre, mais Camille le devança :

– J'ai trois questions.

– Pose-les, Ewilan, je serais heureux de pouvoir y répondre.

– Premièrement, ai-je vraiment un frère ? Deuxièmement, que faisions-nous dans l'autre monde ? Et, pour finir, suis-je vraiment ici par la volonté de cette Éléa ?

Duom Nil' Erg sourit une nouvelle fois.

– Voilà ce que j'appelle un esprit bien fait ! déclara-t-il. Élicia et Altan Gil' Sayan ont eu deux enfants. Toi, Ewilan, et Akiro, de cinq ans ton aîné. Je vous ai tenus tous les deux dans mes bras lorsque vous étiez petits. Il y a sept ans, quand les Sentinelles ont trahi, vous avez disparu. Nous étions convaincus jusqu'à aujourd'hui que le pire était advenu. J'ai désormais une autre explication et la réponse à ta deuxième question.

– C'est-à-dire ?

– Tes parents figuraient au nombre des rares dessinateurs à savoir faire le grand pas sur le côté. Quand la situation est devenue explosive, ils vous ont mis en sécurité, ton frère et toi, dans le seul endroit inaccessible aux Ts'liches. Pour que vous ne soyez pas déracinés au cas où votre séjour se prolongerait, ils ont bloqué vos souvenirs. C'était assez facile à réaliser pour eux.

– Et ma troisième question ? Est-ce bien Éléa qui m'a attirée ici ?

– Je ne peux, à mon grand regret, te donner de réponse absolue.

– Pourquoi ?

– Normalement, le don du Dessin ne s'éveille qu'aux environs de l'âge de dix-huit ans et il semblerait que, dans l'autre monde, ce don s'affaiblisse ou parfois même disparaisse. Cela tendrait à prouver que c'est effectivement Éléa Ril' Morienval qui t'a conduite jusqu'ici. Toutefois...

– Oui ?

– Imposer un pas sur le côté à quelqu'un sans l'accompagner est une faculté que seuls les Ts'liches possèdent, à ma connaissance. D'autre part, Éléa est prisonnière et elle t'a avoué avoir dû économiser son pouvoir pour te contacter mentalement. Je vois mal comment elle aurait pu réussir l'exploit de te transférer en Gwendalavir. Si elle en avait été capable, elle aurait plutôt choisi de se libérer. Non, après réflexion, il est peu probable qu'elle soit à l'origine de ton arrivée. D'ailleurs ton analyse démontre à elle seule le contraire.

– Le cercle noir ? s'enquit Salim.

– Oui, acquiesça le vieil homme, le cercle noir. Je pense que tu as compris, Ewilan ?

Camille hocha la tête.

– Les trois couleurs primaires mélangées en quantités égales donnent du noir. Mes trois cercles sont parfaitement superposés, c'est ça ?

– Tout à fait, approuva Duom. C'est un cas d'école qui ne s'était jamais produit.

– Ça signifie… commença Salim.

– Ça signifie, reprit l'analyste, qu'Ewilan est la dessinatrice parfaite. Cela explique pourquoi elle peut toucher la sphère graphe ts'liche et je crois qu'elle n'a besoin de personne pour voyager entre les deux mondes.

Il y eut un long moment de silence, que Camille rompit.

– Tout cela est bien beau, mais qu'est-ce que je dois faire maintenant ?

Duom Nil' Erg réfléchit un instant.

– Tu possèdes le don dans sa plénitude, c'est incontestable. Mais cela n'implique pas que tu saches t'en servir. Tu es très jeune, et il faut d'ordinaire de nombreuses années de travail avant de le maîtriser. C'est pour cette raison que je suis d'accord avec Éléa qui t'a demandé de ramener ton frère aîné. Il a certainement autant de pouvoir que toi et apprendra plus vite à l'utiliser.

Camille soupira.

– Vous voulez que j'aille chercher un frère que je n'ai jamais vu, sachant seulement qu'il a à peu près dix-huit ans et qu'il se trouve… on ne sait où ! Vous êtes au courant qu'il y a six milliards d'habitants dans notre monde ? Pourquoi n'envoyez-vous pas quelqu'un d'autre ?

– Parce que tu es la seule à pouvoir faire le grand pas, tout simplement.

– Erreur, je ne peux pas ! J'ai fait le grand pas

trois fois et chaque fois sans réfléchir. Je ne sais pas le faire volontairement.

L'analyste eut un sourire rassurant.

– Crois-moi, tu y arriveras.

– Ça, c'est vous qui le dites !

– C'est vrai, mais n'oublie pas que c'est un maître analyste qui te parle.

Camille rougit.

– Excusez-moi, je ne voulais pas être insolente.

– Je t'en prie. Tu as toutefois en partie raison. L'apprentissage risque d'être long, même pour toi. Tu ne peux rester ici car les Ts'liches savent que tu es de retour et tu es assurément la personne qu'ils craignent le plus au monde. Ils vont tout faire pour t'éliminer. Nous devons partir très vite.

– Pour aller où ? s'étonna Camille.

– À Al-Jeit. Dans la capitale, près de l'Empereur. C'est le seul endroit où tu seras en sécurité et où tu pourras apprendre ce que tu dois savoir pour regagner l'autre monde.

– Les Ts'liches ne vont pas attaquer la ville, fortifiée comme elle est ! s'exclama Salim. Et puis j'ai vu les gardes à l'entrée, ce sont de véritables chars d'assaut !

Duom Nil' Erg secoua la tête.

– Si seulement tu avais raison… Il ne reste qu'une poignée de soldats à Al-Vor. Le seigneur Saï Hil' Muran et ses troupes ont gagné le Nord pour combattre les Raïs. Le château est vide et les Ts'liches ont le pouvoir de se transporter directement ici en faisant un pas sur le côté, ou de nous envoyer des tueurs.

Salim jeta un coup d'œil autour de lui. La pièce calme dans laquelle ils se trouvaient lui paraissait tout à coup menaçante...

– Des tueurs ? interrogea Camille. Vous parlez des Raïs ? Des marcheurs ?

– C'est une possibilité, bien que les marcheurs soient des animaux assez stupides, incapables d'obéir à une consigne complexe. Les Ts'liches pourraient également lâcher sur nous un mercenaire du Chaos.

– Encore un monstre ? s'inquiéta Salim.

Maître Duom soupira.

– Cela se complique. La société de Gwendalavir est divisée en guildes. Certaines sont reconnues comme celle des marchands ou celle des agriculteurs. D'autres sont plus secrètes, la guilde des rêveurs ou celle des marchombres, par exemple. Dans votre monde, vous appelleriez ces derniers des voleurs, même s'ils sont davantage que cela. Les mercenaires du Chaos constituent la plus obscure des guildes. Nul ne sait où se trouve leur quartier général, ni quels objectifs ils poursuivent. Ils sont organisés en une société extrêmement structurée et se sont toujours opposés à l'Empire, n'hésitant pas à pactiser avec les Ts'liches ou les Raïs pour lui nuire. Si Edwin était là, continua l'analyste, je serais moins soucieux. Mais je doute qu'il ait pu s'en sortir face à deux guerriers ts'liches. Le plus sage est de partir dès que possible. Retournez à l'auberge dont vous m'avez parlé. Je vais vous donner un peu d'argent pour que vous achetiez des habits plus adaptés à un long voyage et, pendant ce temps, je réglerai les détails de notre départ.

J'espère que l'intendant du château acceptera de détacher quelques gardes pour nous escorter, mais rien n'est moins sûr.

Le vieil analyste se leva, gonflé d'énergie. Camille et Salim l'imitèrent.

Une fois dans la rue, ils se mirent en quête d'une échoppe pour se procurer des vêtements.

18

Ils avaient examiné longuement les pièces données par maître Duom, semblables à celles qu'ils avaient aperçues en traversant la foire. Elles paraissaient frappées dans l'acier et étaient triangulaires, leur centre percé d'un trou en forme d'étoile. « Le nombre de branches de l'étoile, leur avait expliqué maître Duom, indique la valeur de la monnaie. »

Suivant ses conseils, ils conservèrent leurs jeans, mais achetèrent des bottes souples, cousues dans l'incontournable cuir de siffleur et des tuniques amples. Se souvenant de la fraîcheur de la nuit passée à la belle étoile, ils firent également emplette de deux ponchos de laine grise et de sacs assez semblables à celui d'Edwin, pourvus de nombreuses poches et de larges sangles.

Lorsqu'ils arrivèrent à l'auberge du *Chien-qui-dort*, la journée tirait à sa fin.

Ils trouvèrent Bjorn qui sommeillait dans un fauteuil, les pieds sur une table basse.

– Salut, jeunes gens, leur dit-il en les voyant. Tout s'est bien passé ?

– Assez bien, oui, répondit Camille laconique.

L'aubergiste s'enquit de ce qu'ils désiraient. Camille consulta Salim du regard avant de répondre.

– Manger, pour l'instant. Nous attendons quelqu'un mais, s'il tardait trop, serait-il possible d'avoir une chambre ?

Le tavernier confirma qu'il n'y avait aucun problème. La saison était creuse et, à cause de la guerre et des incursions de bandits, les gens hésitaient à voyager. Les chambres libres ne manquaient pas.

– M'acceptez-vous comme compagnon ? leur demanda Bjorn alors qu'ils s'attablaient.

– Volontiers, accepta Camille, en se poussant pour lui faire une place.

– Je suis peut-être trop curieux, commença le chevalier blond, mais ce départ nocturne a-t-il un rapport avec votre quête ?

– Oui, soupira Salim, et je crois qu'on n'en a pas fini.

Bjorn sourit largement.

– Je suis plutôt désœuvré en ce moment. Accepteriez-vous mon aide pour atteindre votre but, quel qu'il soit ?

– Je croyais que tous les soldats étaient à la guerre, s'étonna Salim.

– Je ne suis pas soldat, mon garçon, je suis chevalier. Cela n'a rien à voir.

– Euh... ?

– Je ne suis pas un militaire. Chevalier est un titre que l'on gagne par sa valeur et, il faut l'avouer, avec un peu d'argent. Or je possède les deux à profusion. Je vais où je veux et, si j'ai déjà combattu les Raïs avec les armées impériales, je recherche surtout les quêtes glorieuses qui bâtissent les légendes.

Camille le regarda, surprise.

– Pourtant vous ne nous connaissez pas.

– C'est vrai, mais une quête est une quête. Et puis, continua-t-il, j'ai une dette envers vous.

– Une dette ?

– Oui, vous avez fait preuve cet après-midi de beaucoup de délicatesse. Je n'ai pas vraiment tué ce Ts'lich, même si mes coups l'ont obligé à prendre la fuite. Vous avez passé ce détail sous silence, m'évitant une honte cuisante.

– C'est un gros détail, se moqua Salim, vous ne croyez pas ?

– Non, pas du tout. J'ai occis de nombreux Ts'liches dans ma vie. Je ne suis plus à un près.

Camille leva les yeux au ciel et se désintéressa de la conversation. Son esprit était absorbé par ce qu'elle venait d'apprendre, et les rodomontades de Bjorn l'agaçaient.

Salim, lui, se piqua au jeu, son ironie trouvant là un terrain de prédilection.

– Je croyais que les Ts'liches étaient très difficiles à tuer.

– Ils le sont, affirma le chevalier. Tu as sans doute devant toi le seul homme de Gwendalavir à en avoir combattu autant et à avoir survécu.

– Et vous ne vous rappeliez pas que leur sang était vert ?

– Leur sang est rouge. Ton amie se trompe, et je suis prêt à défier en combat singulier tout homme qui prétendrait le contraire.

Salim s'apprêtait à répliquer, quand une voix calme s'éleva derrière eux.

– Le sang des Ts'liches est vert, tu es un menteur.

Bjorn bondit sur ses pieds. Salim se retourna.

– Edwin !

Camille sursauta. Leur guide était assis à une table proche, les épaules calées contre le dossier de sa chaise. Il eut un petit sourire en voyant leur réaction.

– Je vous avais dit que je vous retrouverais. Je ne mens jamais, moi.

Il avait prononcé ces derniers mots en regardant Bjorn dans les yeux.

Le chevalier devint écarlate.

– Par le sang des Figés, cria-t-il, qui que tu sois, je vais te corriger !

Il poussa un rugissement sauvage et fonça sur Edwin.

Le chevalier blond devait bien mesurer quinze centimètres de plus qu'Edwin et lui rendre trente bons kilos. Il était debout et furieux, tandis que son adversaire, toujours assis, paraissait surpris de la tournure prise par les événements.

L'affaire fut promptement réglée.

Edwin évita la charge de Bjorn en se glissant souplement sur le côté, et se leva. Comme dans un pas de danse, il lui souleva le bras gauche, presque avec délicatesse, et porta deux atémis sauvages dans ses côtes.

Le chevalier ouvrit la bouche comme pour hurler, mais aucun cri ne sortit. D'écarlate, il devint cramoisi, battit l'air des deux bras pendant une seconde et s'abattit comme une masse.

Edwin secoua la tête avec écœurement.

– Et fragile avec ça !

Camille et Salim n'avaient pas bougé.

– Vous ne l'avez pas... demanda le garçon à voix basse.

– Non, le rassura Edwin, il va retrouver son souffle. Regarde.

Bjorn poussa un grognement rauque. Il s'assit avec difficulté en se tenant précautionneusement les côtes. Charitable, Edwin lui tendit une main que le chevalier saisit pour se redresser.

– Bon sang, gémit-il, j'ai l'impression d'avoir percuté un rhinocéros. Qui diable es-tu ?

Camille sourit. Elle aimait bien Bjorn, pourtant sa prétention méritait d'être douchée.

– Il s'appelle Edwin Til' Illan, déclara-t-elle, et s'il est là ce soir, c'est qu'il a tué deux Ts'liches. Et lui, c'est vrai.

– Deux Ts'liches... commença Bjorn.

Puis il s'arrêta et devint tout pâle.

– Edwin Til' Illan, reprit-il en articulant lentement, vous êtes... ?

Comme Edwin acquiesçait en silence, Bjorn plaqua ses deux mains sur son visage.

– Décidément, soupira-t-il, je cumule les bourdes. Il faut que je me reprenne. Edwin Til' Illan... C'est impossible !

Camille et Salim le regardaient, surpris. D'accord, Edwin était impressionnant et le chevalier avait reçu une fameuse correction, mais il en faisait un peu trop à leur goût. Ils comprirent avec un temps de retard lorsque Bjorn ajouta :

– Edwin Til' Illan, maître d'armes de l'Empereur, commandant de la Légion noire, vainqueur des dix tournois... Je vous prie de me pardonner, je suis vraiment un âne bâté.

– C'est plutôt un âne battu, souffla Salim à Camille qui pouffa.

– C'est bon, lança Edwin à Bjorn, tâche de parler moins et d'agir plus, tu ne pourras que t'améliorer. Maintenant, je souhaiterais m'entretenir avec ces deux jeunes gens. Peux-tu te retirer ?

Le chevalier lança à Camille un sourire penaud et gagna le fond de la salle.

– Vous avez été vraiment dur avec lui, remarqua Camille.

– Tu trouves ? répondit Edwin, l'air étonné.

Salim intervint :

– Pas du tout ! Ce n'est que justice que les menteurs se fassent un peu masser les côtes.

L'aubergiste, qui avait soigneusement évité de lorgner dans leur direction pendant l'altercation, s'approcha de leur table avec un plateau chargé d'un ragoût fumant.

– C'est du siffleur ? s'informa Salim qui commençait à apprécier la nourriture locale.

– Oui, confirma Edwin, et certainement meilleur que celui que je vous ai fait goûter hier.

Pendant qu'on les servait, Edwin s'assit et planta ses yeux dans ceux de Camille.

– Raconte-moi ce que vous avez fait depuis que nous nous sommes quittés ce matin.

Elle soupira.

– Je commence à en avoir assez de raconter tout ce que je fais.

Edwin garda son regard gris fixé sur elle.

Et Camille raconta.

19

La nuit était glaciale, mais ce n'était pas la température qui empêchait Camille de dormir.

Allongée dans le chariot, elle contemplait le ciel pur où brillaient des myriades d'étoiles. Toutefois, l'éclat des astres ne parvenait pas à la distraire. Elle songeait à la tournure qu'avait prise sa vie.

Changer de monde, découvrir l'identité de ses parents, se heurter à des forces maléfiques, apprendre qu'elle possédait un don unique, tous ces bouleversements avaient éparpillé ses repères et elle avait du mal à se retrouver dans la multitude de sentiments qui s'entrechoquaient en elle. Elle aurait souhaité faire une pause afin de mettre de l'ordre dans ses pensées, mais cela lui avait été refusé.

Edwin avait pris les choses en main. Il les avait envoyés se coucher en les avertissant qu'il leur faudrait certainement se lever dans la nuit. Juste avant de monter à l'étage, Camille l'avait vu se diriger vers Bjorn, toujours attablé au fond de la salle.

C'était encore Edwin qui les avait réveillés, alors qu'il leur semblait s'être endormis depuis moins d'une heure. Un attelage les attendait dans la rue. Le conducteur en était Duom Nil' Erg.

Trois hommes en armure, montés sur des chevaux de guerre, encadraient le chariot. À leur grande surprise, Camille et Salim reconnurent Bjorn parmi eux. Le chevalier leur adressa un sourire complice par l'ouverture de son heaume.

Les deux autres cavaliers, Hans et Maniel, ressemblaient comme des jumeaux aux gardes qui surveillaient la porte de la ville, et ne leur jetèrent pas un regard. Leurs armures étaient moins rutilantes que celle de Bjorn, et Salim, qui accordait de l'importance à ce genre de détail, comprit que les deux hommes étaient des soldats de métier. Il grimpa avec Camille dans le chariot. Des sacs et des couvertures y étaient entreposés. Ils s'y ménagèrent une place. Edwin se mit en selle. C'était le seul guerrier à ne pas porter une armure d'acier, mais son statut de chef ne faisait aucun doute. Il donna le signal du départ.

Trois mots à peine avaient été échangés.

Ils avaient quitté la ville depuis deux heures et le jour ne s'annonçait pas.

Camille s'enroula plus étroitement dans sa couverture. Salim, endormi près d'elle, poussa un grognement. Elle se tourna vers lui. Quelle était donc sa place dans cette histoire ?

Camille avait accepté le fait que ce monde était le sien. Elle le percevait dans toutes les fibres de son corps et rien ne la retenait dans celui qu'elle avait quitté. Ce n'était pas le cas de Salim. Elle se sentait responsable de l'avoir entraîné dans cette aventure, même si cela avait été involontaire. Elle se rendait bien compte qu'il était heureux, mais elle ne pouvait s'empêcher de se demander si cela durerait. Il était possible que Salim ne revoie jamais sa mère, sa famille...

Elle se redressa sur un coude.

Enveloppé dans un épais manteau de fourrure, Duom Nil' Erg conduisait, perdu dans ses pensées.

Voyant qu'elle ne dormait pas, Bjorn talonna son cheval et se plaça à sa hauteur.

– Alors, demoiselle, le sommeil vous fuit ?

– Je crois, remarqua Camille, que c'est plutôt moi qui fuis le sommeil.

Il y eut un moment de silence, puis le chevalier eut un sourire gêné.

– Vous devez croire que je ne suis qu'un bouffon ?

Camille réfléchit un instant.

– Oui, un peu.

Elle ne cherchait pas à le blesser, pourtant il lui paraissait important que Bjorn sache ce qu'elle pensait vraiment.

Le chevalier grimaça.

Il avait ôté son heaume qui pendait maintenant à sa selle. Il passa la main dans ses cheveux.

– J'ai bien peur que vous n'ayez raison. J'ai trop souvent fait semblant, triché, menti. Je me demande pourquoi un homme comme Edwin Til' Illan m'a proposé de l'accompagner alors que je me suis couvert de ridicule... Qu'en pensez-vous ?

Camille sourit. Elle trouvait un peu étrange qu'un adulte de la stature de Bjorn lui demande son avis, mais il ne lui fut pas difficile de répondre à sa question. Depuis son arrivée en Gwendalavir, il lui semblait avoir mûri. Peut-être était-ce simplement parce qu'ici personne ne la considérait comme une enfant.

– Je ne connais pas Edwin, observa-t-elle. Je ne pense d'ailleurs pas qu'il soit possible de connaître quelqu'un en deux jours, ni même en deux mois. Par contre, je jurerais qu'il ne vous a pas invité pour vous faire plaisir. Cela ne ressemblerait pas au personnage.

– Mais alors...

– Alors il doit avoir ses raisons. Vous n'êtes peut-être pas aussi nul que vous l'affirmiez tout à l'heure. Edwin s'en est sans doute aperçu.

Camille regarda autour d'elle. Duom fixait le lointain, ne prêtant pas attention à leur conversation. Les deux soldats chevauchaient côte à côte à l'arrière. Il n'y avait pas trace d'Edwin.

– Il fait des aller-retour, expliqua Bjorn. Il n'arrête pas. À l'avant, à l'arrière, il surveille tout. Il a combattu les deux Ts'liches dont vous avez parlé pendant je ne sais combien de temps, il n'a pas dormi et il passe son temps à chevaucher dans tous les sens. À sa place, je serais déjà mort d'épuisement. De quoi est fait cet homme ? D'acier ?

Il y avait tant d'admiration et d'envie dans la voix de Bjorn que Camille éclata de rire.

À côté d'elle, Salim remua et Duom parut sortir de sa rêverie.

– Vous avez essayé de le briser, se moqua-t-elle gentiment, ça ne vous a pas porté chance.

Le chevalier se tâta les côtes en souriant piteusement.

– C'est vrai que pour une correction, c'était une correction. Vous savez, Camille...

– Oui ?

– Lorsque je vous ai proposé mon aide pour votre quête, j'étais sérieux. Edwin Til' Illan ne m'a pas forcé à venir, je suis ici de mon plein gré. Je ne sais pas vraiment pourquoi, mais, depuis que je vous ai rencontrée, j'ai l'impression d'être redevenu maître de mon destin. Je vais peut-être enfin commencer à avancer dans le bon sens. Je crois que vous êtes quelqu'un de bien, quelqu'un d'important. Sachez que, quoi qu'il arrive, je serai toujours de votre côté.

– Merci, dit Camille gravement.

– Je vous en prie. Merci pour votre honnêteté de tout à l'heure, c'est une chose rare et précieuse. Maintenant, si cela ne vous ennuie pas, j'aimerais que l'on se tutoie. J'en serais réellement honoré.

Camille s'apprêtait à accepter de bon cœur quand un long sifflement l'interrompit. Bjorn jeta un regard tout autour de lui tandis que les deux soldats se plaçaient de part et d'autre du chariot.

Surgissant de derrière une butte, un cheval dévala la pente dans leur direction.

– Le voilà, souffla Bjorn.

20

Edwin arriva rapidement à leur hauteur, le visage soucieux.

– Une bande de pillards à un peu moins de cinq cents mètres, annonça-t-il de sa voix calme. Ils nous ont repérés et sont à cheval. Ils sont plus rapides que nous, il va falloir combattre. Bjorn, tu ne t'éloignes pas du chariot et tu protèges Camille. Sur ta vie.

Edwin n'avait pas haussé le ton, mais sa voix ne tolérait aucune contradiction.

Salim, qui s'était réveillé en sursaut, écarquilla les yeux.

– Et moi ?

Edwin le regarda froidement.

– Tu n'as qu'à rester près de Camille, tu bénéficieras de la protection de Bjorn.

Il se tourna vers le chevalier.

– Camille, sur ta vie. Tu as compris ?

Bjorn acquiesça en silence et enfila son heaume. Edwin poursuivit :

– Je pars devant avec Hans et Maniel. Suivez-nous à environ cent mètres. Nous essaierons de forcer le passage, ils ne sont qu'une vingtaine, mais s'ils venaient à nous déborder, résistez et nous nous replierons sur vous.

– Rien qu'une vingtaine... souffla Salim.

Déjà Edwin avait fait volter son cheval. Il prit le trot, suivi des deux soldats qui avaient dégagé leur redoutable lance.

Bjorn décrocha la hache de combat qui pendait à sa selle et passa la main droite dans le lien de cuir attaché au manche.

– Ça va aller ? demanda-t-il.

Le vieil analyste eut un ricanement.

– Ne t'inquiète pas, jeune homme, j'ai connu des situations autrement plus désagréables. Ce ne sont pas quelques maraudeurs qui vont m'effrayer.

– En avant alors ! s'exclama Bjorn. Edwin Til' Illan a dit cent mètres, je ne voudrais pas le décevoir.

Duom fit claquer les rênes et les deux chevaux de trait se mirent en marche.

Le ciel choisit cet instant pour s'éclaircir. La lumière blafarde qui précède l'aube donna un peu de relief au paysage. Les pillards avaient dressé leur embuscade dans un petit bosquet que traversait la piste. Quand ils s'aperçurent que leur ruse avait été éventée et que trois hommes armés se dirigeaient vers eux, un rugissement de colère monta des arbres. Edwin leva la main, les deux soldats stoppèrent derrière lui.

À son tour, Duom arrêta l'attelage.

Soudain, un pillard surgit du bosquet, couché sur son cheval lancé au galop. D'autres suivirent en désordre. Edwin poussa un cri et tira son sabre avant d'éperonner sa monture. Hans et Maniel l'imitèrent, leurs monstrueuses lances pointées en avant.

Camille dut plisser les yeux pour discerner ce qui se passait. Edwin, debout sur ses étriers, cingla l'air de sa lame, d'un côté puis de l'autre. Deux pillards s'abattirent. Les lances des soldats entrèrent dans la danse et la mêlée devint confuse.

Bjorn trépignait sur sa selle, pris par l'envie presque irrésistible de se jeter dans le combat. Salim tirait sur ses tresses sans s'apercevoir qu'il menaçait de les arracher. Seul Duom Nil' Erg demeurait parfaitement immobile.

Camille se sentait distante, détachée. Ce fut pourtant elle qui, la première, aperçut les deux hommes qui, ayant contourné la bataille, fonçaient vers eux.

– Bjorn ! cria-t-elle.

Le chevalier réagit instantanément. Il lança son étalon qui bondit à la rencontre des deux assaillants. Le choc des chevaux se percutant fit un bruit atroce. La hache de Bjorn, meurtrière, se leva et s'abaissa. Salim crut voir un objet rond de la taille d'un ballon s'envoler et les pillards ne furent plus qu'un.

– Pour ceux-là, gémit-il, on fait comment ?

Camille et Duom pivotèrent.

Arrivant de l'autre côté, quatre bandits les chargeaient.

– Pour moi, cracha le vieil analyste, avec Ewilan, si tu t'en sens capable…

Il porta les mains à son front et ferma à demi les yeux, sous le regard effrayé et dubitatif de Salim. Camille perçut la naissance du dessin.

Comme lorsqu'elle avait vu Edwin allumer le feu, elle vit Duom générer une forme qu'il poussa vers la réalité. Les traits étaient sobres mais nets, les couleurs criantes de vérité, du bon travail. C'était une haie de buissons aux redoutables épines, que l'analyste s'efforçait de matérialiser devant les quatre assaillants.

Il allait y parvenir, lorsque son esprit percuta un mur invisible. Il ne lui manquait plus que quelques détails à parfaire pour que le dessin devienne réalité, mais cela lui était soudain impossible.

Camille comprit ce qu'il voulait dire en expliquant que les Ts'liches contrôlaient l'accès à l'Imagination. Une barrière intangible, mais infranchissable, empêchait Duom d'achever son dessin. Le verrou !

Les quatre pillards arrivaient sur eux. Bjorn luttait toujours avec son adversaire et, près du bosquet, la bataille continuait de faire rage.

Camille tendit son esprit vers celui de Duom, qui luttait en vain contre l'obstacle mental. Elle s'empara sans effort de sa création et franchit le verrou ts'lich, impuissant à lui interdire l'accès aux Spires. En une fraction de seconde, elle acheva le dessin. Les épines s'allongèrent jusqu'à mesurer plus de vingt centimètres, la haie s'épaissit en un taillis inextricable et, tout à coup, devint réelle.

Lancés au galop, les chevaux des bandits pilèrent net devant cet obstacle inattendu. Dans un merveilleux ensemble, les cavaliers s'envolèrent, décrivirent une harmonieuse parabole dans le ciel et s'abattirent comme des masses au milieu du taillis.

Des hurlements de douleur s'élevèrent.

– Yahou ! hurla Salim en signe de victoire.

Duom Nil' Erg tourna vers Camille un regard admiratif qu'elle ne perçut pas.

Un barrage se rompait dans son esprit et le pouvoir déferlait en elle.

Elle comprit le Dessin comme si elle l'avait toujours pratiqué, comme s'il avait toujours fait partie d'elle. Toutes ses nuances, tous ses arcanes, toutes ses potentialités devinrent évidents.

Elle s'ouvrit au don.

Salim la vit se mettre debout sur le chariot. Bjorn finissait de régler son compte à son adversaire et, plus loin, Edwin, déchaîné, épaulé par Hans et Maniel, réduisait en bouillie les bandits restants.

Les survivants durent se dire qu'ils en avaient assez. Sans se concerter, ils firent volte-face pour s'enfuir.

L'orage naquit alors dans l'esprit de Camille. D'abord gigantesque, elle en redessina les contours, le réduisant jusqu'à ce qu'il atteigne la taille voulue en conservant sa puissance.

Les fuyards se croyaient saufs. Leurs chevaux étaient rapides et le monstrueux guerrier qui avait éliminé tant de leurs compagnons ne les poursuivait pas.

Mais le ciel limpide de l'aube naissante se couvrit brusquement. Des nuages noirs, ondulants et menaçants, s'amassèrent au-dessus de leurs têtes tandis que dix mètres plus loin, le soleil apparaissait.

L'enfer se déchaîna. Des trombes d'eau s'abattirent sur eux. En quelques secondes, le sol devint un bourbier où les chevaux affolés s'enlisèrent. Dans un affreux enchevêtrement, hommes et animaux s'effondrèrent. Puis, aussi soudainement qu'il était apparu, l'orage disparut.

Couverts de boue, les pillards se relevèrent péniblement et s'éloignèrent tant bien que mal. Les spectateurs ne leur accordèrent pas un regard. Leurs yeux étaient tournés vers Camille.

Elle était toujours debout dans le chariot, les bras levés vers le ciel. Les premiers rayons du soleil se prirent dans ses cheveux qui se nimbèrent d'or.

Elle éclata d'un rire sauvage et émerveillé.

Son héritage retrouvé comblait en elle un gouffre invisible.

De nouveau entière, elle rayonnait de joie.

21

À la demande d'Edwin, Duom Nil' Erg fit contourner au chariot le lieu de l'affrontement. Salim se leva pour voir les corps des pillards, mais Edwin le rabroua.

– Assieds-toi. Tu auras bien assez tôt l'occasion de voir du sang et des cadavres. Pour l'instant, j'ai décidé que tu étais trop jeune. Compris ?

Salim obéit sans protester, ce qui tira un sourire léthargique à Camille.

Edwin était un des rares adultes capables d'impressionner son ami, particulièrement allergique aux règlements et aux gens censés les appliquer. Parvenir, en une seule phrase, à le forcer à s'asseoir et à se taire, relevait de l'exploit.

Camille baignait dans une euphorique lassitude. Encore sous le choc de ce qu'elle venait de vivre, elle sentait ses perceptions battre comme un cœur gigantesque. Elle avait l'impression de pouvoir redessiner le monde entier et, un battement de cœur plus tard, se retrouvait prisonnière des étroites barrières de son esprit.

En même temps que son don, des bribes de son passé étaient remontées à la surface de sa mémoire. Il ne s'agissait pas de souvenirs précis, seulement de réminiscences fugaces. Elle n'essayait pas de les happer au passage, consciente qu'elle n'y parviendrait pas, mais les laissait tranquillement prendre leur place.

Une chape de fatigue pesait sur elle, commençant à la couper du reste du monde. Elle devenait aussi légère qu'une plume, et s'éloignait à chaque seconde un peu plus de la réalité.

Elle s'était allongée dans le chariot au milieu des sacs.

Bjorn s'était précipité vers elle, mais l'analyste l'avait arrêté d'un geste péremptoire.

– Non ! Elle va bien. Que personne ne s'occupe d'elle, que personne ne lui parle. Elle a simplement besoin de se reposer. Poursuivons notre route.

Edwin avait lancé un ordre et les deux soldats avaient regroupé les corps des pillards sur le côté de la piste.

– On ne les enterre pas ? avait demandé Bjorn.

Edwin lui avait lancé un regard dur.

– Fais-le, si tu as du temps à perdre. Moi j'ai une mission, je continue.

Le chevalier avait rougi, mais n'avait rien répliqué.

Le chariot regagna la piste et Edwin reprit son inlassable travail d'éclaireur. Assis à côté de son amie, Salim se rongeait les sangs.

De temps à autre, maître Duom se tournait vers lui et le fixait d'un air sombre, l'engageant à se taire. Il se contentait donc d'observer Camille et ce qu'il voyait l'inquiétait.

Elle semblait peu à peu s'enfoncer dans un état second, les yeux perdus dans le vague, complètement immobile.

Une nouvelle fois, Salim s'approcha d'elle. Le vieillard ouvrit la bouche pour le sermonner mais le garçon le rassura d'un signe. Il avait conscience que le vieil analyste savait ce qu'il disait et n'avait pas l'intention d'enfreindre ses directives.

Il détailla Camille comme il n'avait jamais eu l'occasion de le faire. Il s'aperçut avec surprise que ses cheveux, qu'il croyait châtains, étaient plus dorés que bruns. Ils retombaient en boucles autour de son visage, mettant en valeur le hâle de sa peau. Elle avait les pommettes hautes et bien dessinées, de longs cils et des yeux immenses d'un violet intense.

Elle poussa soudain un râle rauque et Salim sursauta. Il bondit par-dessus le dossier du banc de conduite et attrapa le bras de Duom.

– Elle va mal, vous entendez ? Faites quelque chose.

L'analyste poussa un grognement puis se radoucit.

– Tout est normal, ne t'inquiète pas.

– Mais, elle ne bouge plus, on dirait qu'elle est dans le coma.

Duom jeta un coup d'œil en arrière sur Camille.

– Je t'assure que tout va bien, fais-moi confiance.

– Mais...

– Écoute, mon garçon, même si cela te paraît étrange, essaie de comprendre. Depuis quinze siècles, il n'y a pas eu plus de dix dessinateurs capables d'égaler l'exploit d'Ewilan...

– Je m'en fiche ! le coupa Salim. Elle va mal, agissez !

– Par le sang des Figés, écoute-moi ! se fâcha Duom. Dessiner est un acte fatigant. Toujours ! Le premier vrai dessin provoque un contrecoup émotionnel considérable. Toujours ! Plus il est jeune, plus un dessinateur s'épuise facilement. Toujours ! Et plus un dessin est complexe, plus il est éreintant.

– Toujours ! lança Salim. Ça va, j'ai compris.

– Bien, je commençais à craindre qu'Ewilan ait choisi un sous-doué comme ami, se moqua l'analyste.

Salim sourit, mais le cœur n'y était pas.

– Vous êtes sûr qu'on ne peut rien pour elle ?

Duom réfléchit un instant.

– Si, tu peux faire quelque chose pour l'aider.

– Quoi ?

– Tais-toi.

Le soleil était haut dans le ciel lorsque Edwin annonça une pause. Ils finissaient de franchir une série de collines basses à la végétation pauvre. Il faisait chaud et leur guide avait choisi un endroit à l'ombre d'une barre rocheuse, tout près d'un point d'eau.

Camille était toujours immobile.

Hans et Maniel prirent de quoi se restaurer et, après s'être postés aux abords du camp, ils poussèrent à tour de rôle un long sifflement. Edwin se détendit alors et s'approcha de Duom.

– Je regrette mes alarmes, expliqua-t-il. Elles ont grillé pendant mon combat contre les Ts'liches et je crains de ne jamais en retrouver de semblables. Comment va Camille ?

– Elle va bien, affirma Duom. Elle commence à réagir aux sons. Je pense que, d'ici une heure, elle sera sortie de sa transe.

– Le trajet n'a pas été trop dur ?

– Je suis un peu moulu à cause du manque d'exercice, mais ça ira. Le plus difficile a été d'empêcher ce gaillard de sauter dans tous les sens et de l'obliger à parler à voix basse.

Edwin sourit et fit mine de donner un coup de poing à Salim.

– Que dirais-tu d'un bain ? L'eau doit être bonne.

– Génial ! lança Salim en bondissant au sol.

Il fit une pirouette et enchaîna sur un saut de mains avant de se tourner vers Bjorn.

– Vous venez ?

Le chevalier lança un coup d'œil à Edwin qui hocha la tête.

– Volontiers. Je suis en train de cuire dans mon armure.

Les deux hommes et le garçon s'approchèrent du lac. L'eau était claire, peu profonde et le fond recouvert d'un sable presque blanc.

Bjorn se débarrassa avec des soupirs de soulagement des différentes pièces de sa cuirasse, demandant parfois l'aide de Salim qui la lui accorda volontiers. Il se défit ensuite de sa tunique et de son pantalon, ne gardant qu'un caleçon.

Le chevalier était un véritable colosse, bâti comme une armoire à glace. Salim sourit en voyant son ventre bien rond.

– Qu'as-tu à rire, minus ? tonna Bjorn.

– Rien, votre Seigneurie, se moqua le garçon, j'admire vos muscles. Surtout celui-ci, continua-t-il en lui tapotant le ventre. Dans mon monde, on l'appelle le muscle du houblon.

Bjorn fronça les sourcils.

– Du houblon ? Pourquoi ?

– Parce que c'est avec le houblon qu'on fait la bière et que c'est la bière qui donne ce genre de bidoche ! répliqua Salim en éclatant de rire.

Il avait sous-estimé la rapidité du chevalier, car il se retrouva soudain pris en étau entre deux mains grosses comme des battoirs qui le soulevèrent. Il poussa un cri d'effroi, moitié feint moitié sincère.

– Edwin Til' Illan, demanda Bjorn, quel traitement conseillez-vous pour apprendre les bonnes manières à un jeune impertinent ?

Edwin jeta un regard au géant qui, bras levés, tenait Salim au-dessus de sa tête.

– Le bain, répondit-il laconique.

– Non !!! hurla Salim.

Mais déjà il volait dans les airs.

Il retomba au milieu du plan d'eau dans une gerbe d'éclaboussures et refit surface en toussant, un flot d'invectives à la bouche.

Bjorn se précipita sur lui et Salim se sentit de nouveau soulevé. Il cria :

– Pardon Bjorn, pardon !

Le chevalier se tourna vers Edwin qui entrait dans l'eau.

– Je crois que le vaurien a compris !

À la différence de Bjorn, le maître d'armes n'avait pas une once de graisse. Il n'était que muscles et nerfs. Une longue cicatrice blanche barrait son torse à la peau hâlée, presque aussi foncée que celle de Salim. Deux balafres plus récentes n'étaient pas tout à fait refermées, l'une sur l'épaule droite, l'autre sur la cuisse.

– C'est la bataille de tout à l'heure ? souffla Salim à Bjorn.

– Ça m'étonnerait, murmura le chevalier. D'après ce qu'on raconte, il aurait été capable, armé d'un canif, de se débarrasser seul de ces bandits. Je pense qu'il s'agit plutôt des traces de sa rencontre avec les deux Ts'liches d'hier.

– Tu as déjà combattu un Ts'lich, toi ?

Le tutoiement était venu naturellement et Bjorn ne tiqua pas.

Il prit une inspiration avant de répondre :

– Une fois, une seule. La fois où j'ai rencontré Camille. Un Ts'lich avait été aperçu à l'orée de la forêt de Baraïl et j'ai pensé à la gloire dont je me couvrirais si je réussissais à l'occire. Je suis parti à sa recherche.

– Et ?

– Je l'ai trouvé. Malheureusement. J'ai vite compris que je n'avais pas l'ombre d'une chance. Ce

152

jour-là, j'ai vu la mort de près, crois-moi. L'arrivée de Camille a toutefois perturbé le lézard à un point tel qu'il m'a oublié dans le roncier où il m'avait jeté. Sans cela, il m'aurait découpé en morceaux et je ne serais pas là pour te raconter cette histoire.

Le chevalier eut un sourire triste.

– Pas facile d'être un héros, surtout quand il y a des bonshommes comme lui.

Il montra du doigt Edwin qui arrivait vers eux en nageant lentement.

– Tu l'as appelé vainqueur des dix tournois, qu'est-ce que ça veut dire ? demanda Salim.

– C'est une rencontre qui oppose chaque année les meilleurs combattants de Gwendalavir. Il y a dix manches et chacune se dispute avec une arme différente, sabre, hache, arc, lance, jusqu'à la dernière où l'affrontement se déroule mains nues. Les champions de l'Empire sont là, cherchant à gagner l'épreuve où ils sont experts. Edwin Til' Illan a participé une fois… Il a remporté toutes les manches !

– Et la Légion noire ?

– Une troupe d'élite. Il la dirige quand il n'est pas en mission personnelle pour l'Empereur.

Une idée germa dans la tête de Salim.

– Si on se le prenait à deux ?

– Qui ? Edwin Til' Illan ?

– Oui.

– Non ?

– Oui je te dis !

Bjorn ferma les yeux, les rouvrit et éclata de rire.

– Chiche ?

– Chiche !

Avec un hurlement, Salim et Bjorn se ruèrent sur Edwin qui les vit arriver, effaré. Pris sous le poids du géant, le garçon s'agrippant comme une pieuvre à ses jambes, il coula à pic. Il refit surface en toussant et en riant.

Les deux amis se concertèrent du regard puis repartirent à l'attaque. La bataille dura une bonne dizaine de minutes.

À la fin, épuisés, ils se traînèrent tous les trois jusqu'à la berge où ils s'allongèrent en reprenant lentement leur souffle.

– Quand vous aurez fini de faire les gamins, vous viendrez manger ! Nous avons faim, nous !

Salim se retourna.

Duom Nil' Erg, faussement fâché, les invectivait depuis le chariot et, à côté de lui, Camille leur adressait de grands signes.

Salim se leva d'un bond et se précipita vers elle.

22

Camille gardait un souvenir confus de la matinée passée dans le chariot et ne souhaitait pas en parler. Maître Duom lui donna raison et personne ne se risqua à le contredire.

Ils partagèrent un repas de pain d'herbes, que Salim et Camille commençaient à apprécier, de viande séchée de siffleur et de fromage. Quand ils eurent terminé, Edwin se leva.

– Viens, dit-il à Bjorn, nous allons remplacer Hans et Maniel. Nous leur laisserons une demi-heure de repos, puis nous repartirons.

Les deux soldats ne cherchèrent pas à lier conversation. Ils prirent le temps de s'asperger d'eau fraîche puis s'étendirent à l'ombre d'un rocher qu'ils choisirent à l'écart, signifiant ainsi leur envie de tranquillité.

Salim jetait de fréquents coups d'œil sur Camille et lui demandait sans cesse si elle se sentait bien. Agacée par tant d'attentions, elle le rabroua.

– Salim, actuellement tu es la seule chose qui me gêne. Si tu allais te promener, ça me ferait des vacances et je te promets que je me sentirais bien mieux.

Pour une fois, le garçon prit la mouche.

– Parfait, puisque je t'ennuie, je m'en vais !

Il donna un coup de pied dans un caillou qui se trouvait sur son passage et poussa un grognement de douleur. Il était pieds nus et s'était cruellement tordu le petit orteil.

Camille éclata de rire, ce qui acheva de le vexer. Il se dirigea vers le lac et s'assit au bord de l'eau, lui tournant ostensiblement le dos. Camille le regarda en souriant puis s'adressa au vieil analyste.

– Maître Duom ?

– Oui, Ewilan ?

– Une chose me tracasse, j'aimerais avoir votre opinion.

Duom Nil' Erg acquiesça.

– Vois-tu, Ewilan, si j'ai entrepris ce voyage à l'âge que j'ai, c'est pour t'aider dans la mesure de mes moyens. Toutes tes questions sont donc les bienvenues.

Camille réfléchit un instant pour rassembler ses pensées et se lança.

– La deuxième fois que je suis arrivée ici, les Ts'liches n'ont mis que quelques heures à me retrouver. Edwin m'a dit qu'ils me repéraient à mon dessin.

– C'est vrai, tout dessinateur, lorsqu'il pénètre dans l'Imagination, peut ressentir la présence d'un de ses semblables, expliqua Duom. Les trois forces qui forment le don nous caractérisent, surtout quand elles sont organisées comme les tiennes. Tu es donc éminemment reconnaissable dès que tu dessines. Les Ts'liches ont en outre une capacité que nous ne possédons pas. Ils peuvent déduire du passage d'un dessinateur dans l'Imagination sa position dans le monde réel. Cela les rend particulièrement dangereux.

– Justement, insista Camille, si les Ts'liches peuvent me localiser et que je suis si importante pour eux, comment se fait-il qu'ils ne soient pas encore là ?

L'analyste se passa la main sur le crâne, dans un geste qui lui était familier.

– Les Ts'liches sont une race en voie de disparition. Je t'ai expliqué qu'ils se reproduisaient avec beaucoup de difficultés. Nous sommes nombreux à penser qu'il en reste moins d'une vingtaine.

– Si peu ?

– Oui, heureusement pour nous ! L'affrontement d'hier contre Edwin constitue un véritable désastre pour la race ts'liche. Ils ont pris un risque énorme afin de te supprimer, mais ils ont perdu deux des leurs. Sois sûre qu'ils ne renouvelleront plus ce type d'attaque.

– Ça signifie que nous sommes tranquilles ?

– Hélas non. Il leur reste beaucoup d'autres moyens de nous atteindre. Nous ne sommes pas encore arrivés à la capitale et je doute que notre voyage continue d'être aussi agréable que cette pause au bord de l'eau. Il me semble t'avoir déjà averti qu'ils pouvaient, plutôt que se déplacer en personne, nous envoyer une horde de tueurs, des Raïs ou des mercenaires du Chaos.

– Mais puisque nous nous déplaçons, ils ne peuvent pas nous trouver, objecta Camille.

– Ne rêve pas, Ewilan, ça leur complique juste le travail, et avec l'orage que tu as déclenché ce matin, ils doivent déjà connaître notre position.

Camille rougit.

– Vous voulez dire que je les ai attirés ?

– On peut présenter les choses ainsi.

– Je suis désolée.

– Il n'y a pas de quoi. Ce que tu as découvert ce matin importe plus que les risques que tu peux nous faire courir.

Camille réfléchit un instant.

– J'ai donc vraiment trouvé mon don ?

L'analyste éclata de rire.

– C'est certain. Tes parents auraient été capables de dessiner un pareil orage, mais je n'en connais pas d'autres.

– Pourquoi alors me faut-il aller chercher mon frère ? Ne pouvons-nous pas éveiller les Figés sans lui ?

Duom grimaça.

– Tu possèdes un don remarquable, c'est évident. Je persiste toutefois à dire que tu es trop jeune pour l'utiliser correctement.

– Mais… l'orage…

– Serais-tu capable de le redessiner ?

– Je... je ne sais pas.

– Voilà le problème. Il y a de grandes chances que tu ne dessines rien pendant des semaines. Puis que tu crées un dessin exceptionnel, avant d'oublier encore. Il faut du temps pour maîtriser son don, beaucoup de temps. Éveiller les Figés est essentiel pour l'Empire. Grâce à toi, nous savons où ils sont enfermés, mais nous ne pouvons prendre le risque d'échouer. Nous aurons droit à une seule tentative !

– Je comprends, acquiesça Camille, j'irai chercher mon frère quand le moment sera venu et je reviendrai avec lui.

Le vieil analyste la regarda tristement.

– Non, Ewilan. Si par malheur nous échouions, tu représenterais notre dernier rempart contre le chaos. Tu feras passer ton frère ici mais tu resteras dans l'autre monde.

Camille se dressa devant maître Duom.

– Il n'en est pas question !

Il lui attrapa la main et, gentiment, la tira pour qu'elle s'assoie à côté de lui. Elle se laissa faire avec réticence.

– Réfléchis un instant ; tu t'apercevras que tu n'as pas le choix. L'enjeu est trop important pour que tu écoutes tes désirs. Crois-moi.

Camille se dégagea d'un geste brusque.

– Je suis ici chez moi ! Là-bas, je n'ai rien ni personne ! Les adultes qui me servent de parents ont pour moi l'affection qu'ils éprouveraient pour un tapis. Ma place est ici, je le sens au fond de mon ventre, dans ma tête, dans toutes les fibres de mon corps !

Elle parlait fort, et les mots qu'elle prononçait éclairaient d'un jour nouveau ce qu'elle vivait. Elle s'aperçut qu'elle pensait intensément ce qu'elle était en train de dire et le poids de l'injustice pesa encore plus lourd sur ses épaules. Pour finir, elle se détourna. Elle avait envie de pleurer et ne voulait pas que Duom s'en rende compte. Elle partit d'un pas rageur vers le lac et s'assit à côté de Salim.

L'analyste regarda les deux jeunes gens en souriant amèrement. Ewilan lui rappelait Élicia, sa mère. La perdre alors qu'il venait de la retrouver l'emplissait de tristesse. Mais il n'avait pas le choix. Il le savait, comme il savait qu'elle finirait par admettre la situation.

Il poussa un soupir fatigué et étira ses vieux membres.

Edwin et Bjorn revinrent à ce moment. Ils contemplèrent Camille et Salim assis de dos, au bord de l'eau, et Edwin interrogea Duom du regard.

– Elle a posé des questions et je lui ai annoncé la suite des opérations.

– Et alors ?

L'analyste jeta un coup d'œil sur Bjorn avant de questionner Edwin des yeux.

Le chevalier intervint :

– Je peux me retirer si vous le désirez, mais je crois plus honnête de vous dire que je sais déjà pas mal de choses.

– Quoi, par exemple ? demanda Edwin d'une voix dure.

– Je sais que les jeunes ne sont pas d'ici. Je crois pouvoir avancer qu'ils arrivent de ce monde qui se situe je ne sais où, et dont on parle dans les milieux bien informés.

Edwin s'en remit à Duom qui haussa les épaules avant de se retourner vers Bjorn.

– Qui t'a appris ça ?

– Ça n'a pas été très difficile à deviner. Camille est arrivée, je ne sais comment, en pleine forêt, alors que j'étais en train de me faire étriper par un Ts'lich. Le lézard, quand il l'a vue, s'est désintéressé de moi, ce qui, accessoirement, m'a sauvé la vie. Elle a ensuite disparu comme elle était venue. Il y a vous aussi. Deux des plus importants personnages de l'Empire. Vous abandonnez tout pour convoyer ces gamins. Il y a leurs vêtements, le dessin que Camille a réalisé ce matin, les petites réflexions qui leur échappent régulièrement. Avant la baignade, Salim m'a lancé une boutade qui commençait par « Dans mon monde... ». Voilà, je sais beaucoup de choses. Je peux faire semblant de les ignorer, mais je ne peux oublier ce que j'ai deviné. Il était juste que vous le sachiez.

Edwin le considéra sans rien dire, puis parla avec calme :

– As-tu conscience de risquer ta vie en t'approchant si près des secrets de l'Empire ?

Bjorn eut un sourire amer.

– J'en ai conscience, mais je crois que si vous m'avez proposé de vous accompagner, c'est que vous avez confiance en moi.

Edwin éclata d'un rire sec.

– On ne peut nier que tu aies du culot. Mais tu as raison. Je pense qu'on peut te faire confiance. Ewilan représente sans doute la dernière chance de l'Empire.

– La situation est aussi grave que cela ?

– Tu en doutais ? Nos forces se font écraser par les Raïs au Nord, et au Sud les Alines se risquent à des incursions de plus en plus profondes dans les terres, pillant et massacrant tout sur leur passage. Il ne nous reste plus qu'une solution.

– Camille ?

– Oui. Tu as vu ce matin ce dont elle est capable. Tout laisse à penser qu'elle a un frère, resté dans son monde, encore plus doué qu'elle. Elle doit le ramener pour qu'il éveille les Sentinelles.

– Éveiller les Figés ? Je croyais que c'était impossible, qu'ils étaient comme morts. On ne sait même pas où ils se trouvent.

– « Impossible » a apparemment reculé d'un pas quand la petite est arrivée.

Le chevalier se frotta le menton.

– Mais pourquoi ne va-t-elle pas chercher son frère maintenant ?

– Elle n'en est pas encore capable, expliqua maître Duom.

– Alors ?

– Alors nous voyageons jusqu'à Al-Jeit pour la mettre hors d'atteinte des Ts'liches. C'est le seul

endroit où elle pourra préparer sa mission en toute
sécurité.

– Je comprends, dit gravement le chevalier.

Il montra Camille du doigt.

– Et là, que lui arrive-t-il ?

Le vieil analyste tourna son regard vers les jeunes
gens, toujours assis au bord de l'eau.

– Elle apprend à vieillir, expliqua-t-il d'un ton
triste, ça lui fait mal.

23

Après les collines, la petite troupe s'engagea sur un plateau venteux, à la végétation rase. L'air était toujours aussi pur, le ciel dégagé et la visibilité excellente. Edwin n'en était pas ravi, mais cela lui évitait de parcourir, en éclaireur, deux fois plus de chemin que les autres.

Il chevauchait sur un flanc du chariot, Bjorn sur l'autre, les soldats quelques mètres en arrière.

Camille et Salim s'étaient réconciliés près du lac, et elle semblait avoir accepté ce que maître Duom lui avait annoncé. En voyant Edwin scruter le paysage, elle se souvint de la mise en garde du vieil analyste. Les Ts'liches risquaient fort de leur envoyer des tueurs.

– Qui sont vraiment les mercenaires du Chaos ? demanda-t-elle à Edwin.

Il fit une grimace dégoûtée.

– La pire engeance que la terre ait portée. Pire que les Ts'liches.

Salim poussa un sifflement admirateur.

– Ce doivent être de sacrés monstres ! Avec la meilleure volonté du monde, je n'arrive pas à imaginer pire qu'un croisement de lézard et de mante religieuse géants ! Même mon prof de maths est moins laid qu'un Ts'lich !

– Tu n'imagines pas du bon côté. Les mercenaires ne sont des monstres qu'à l'intérieur de leur âme. À l'extérieur, ce sont des hommes.

Salim se tut un instant, le temps d'assimiler l'information.

– Des hommes alliés des Ts'liches ?

– Oui. Ils professent une philosophie qui vise la destruction de toute forme d'organisation. Ils prônent le chaos comme objectif final. C'est du moins ce qui ressort des maigres informations en notre possession.

– À quoi les reconnaît-on ?

– À rien. Ils n'ont pas de signes distinctifs et c'est leur force. Ils sont capables de se fondre sans difficulté parmi nous. Ils sont rusés, mauvais et incroyablement pervers. Ils comptent dans leurs rangs de très bons dessinateurs et, sans eux, l'Empire ne serait peut-être pas dans l'impasse où il se trouve actuellement. Nous avons essayé de les pourchasser, mais nous n'avons jamais réussi à faire un prisonnier ou à acheter de renseignements. Tout laisse à croire qu'ils ont un quartier général quelque part, peut-être même une cité, mais nous n'avons pas réussi à les localiser.

– Maître Duom a dit tout à l'heure que les Ts'liches nous enverraient certainement des Raïs ou des mercenaires du Chaos, souligna Camille.

Edwin eut un rictus.

– J'espère qu'il se trompe. Je préférerais affronter une horde raïs plutôt qu'une phalange de mercenaires.

Il y eut un silence, lourd de sens. Camille prit conscience que tout le monde considérait Edwin comme une sorte de guerrier invincible, presque un demi-dieu du combat. Il suffisait d'être près de lui pour se trouver en sécurité. L'entendre exprimer ses craintes avait douché l'enthousiasme de la troupe. Jusqu'à Bjorn qui fronçait les sourcils.

Edwin, constatant le trouble que ses paroles avaient fait naître, précisa avec un sourire dur :

– Pour être honnête, j'ajouterai que les mercenaires ne tiennent pas plus à tomber sur moi que moi sur eux. Contrairement à la plupart d'entre eux, j'ai l'avantage d'avoir survécu à nos nombreux affrontements.

Salim expira longuement avant de lancer au maître d'armes un regard admiratif. Camille le poussa du coude.

– Il faudrait savoir ce que tu veux. Tu as l'intention de devenir marchombre ou spécialiste dans la mise en bouillie des monstres ?

– Les deux, ma vieille, les deux ! répliqua Salim avec une totale assurance.

Le soir tombait lorsqu'ils atteignirent un petit village niché dans une des combes qui poinçonnaient le plateau. Des enclos abritant des siffleurs d'élevage résonnaient des stridulations que Camille et Salim commençaient à bien connaître. Ces animaux, à peine plus gros que des chèvres, jouaient dans l'économie de Gwendalavir le rôle des vaches et des moutons de l'autre monde.

Au cœur du hameau se dressait une taverne faisant également office d'auberge pour les voyageurs. Ils y pénétrèrent tandis que Hans et Maniel conduisaient les chevaux à l'écurie.

L'établissement était fort différent du *Chien-qui-dort*. Il y faisait sombre et une atmosphère inquiétante y régnait. La plupart des clients, accoudés au comptoir, tournèrent la tête à leur arrivée et les dévisagèrent d'un air peu amène. Camille réprima une grimace de dégoût ; ces hommes passaient certainement plus de temps à boire qu'à se laver. La porte s'ouvrit sur Hans et Maniel, et les convives détournèrent le regard. Le rameau sur le pectoral des deux soldats semblait leur être familier...

L'aubergiste apporta leur repas aux compagnons. La nourriture était bonne et, quand les buveurs du comptoir sortirent, l'ambiance devint plus agréable. Le tavernier se détendit et revint vers eux, une vieille bouteille à la main.

– Je vais vous faire goûter cette eau-de-vie, annonça-t-il, vingt ans d'âge, un délice.

Bjorn tendit son verre, imité avec plus de retenue par les autres hommes. Salim voulut tendre le sien, mais un froncement de sourcils d'Edwin l'en dissuada.

– Fameuse, apprécia Bjorn en claquant la langue.

L'aubergiste parut apprécier le compliment.

– Je la fais moi-même, expliqua-t-il. Du moins, je la faisais avant que la situation de l'Empire ne dégénère.

Il jeta un regard d'excuse aux deux soldats.

– Je ne me permettrais pas de critiquer notre Empereur. Chacun sait qu'il fait tout ce qui est en son pouvoir pour gouverner au mieux le pays malgré la guerre. Non, je suis en colère contre les vautours, les bandits de tout poil qui profitent de la situation pour piller la région. Plus personne n'est en sécurité sur les routes. Les gens ne voyagent plus, le commerce va mal. Même la foire d'Al-Vor n'est pas aussi fréquentée que d'habitude.

Il se pencha vers eux et murmura :

– C'est comme ces hommes qui étaient là à votre arrivée. Ils ne sont pas du pays. Ils traînent dans le coin depuis quelques jours. Je ne serais pas étonné d'apprendre qu'ils attaquent les voyageurs. Faites attention en repartant.

– Nous vous remercions pour votre mise en garde, déclara Edwin, mais nous sommes en mesure de nous défendre. De toute façon, nous avons l'intention de passer la nuit ici, du moins si vous pouvez nous loger.

Un sourire satisfait illumina le visage de l'aubergiste.

– Pas de problème, cher monsieur. Combien de chambres désirez-vous ?

– Trois feraient l'affaire.

– Vous avez vos trois chambres. Je les prépare immédiatement.

Il s'éloigna d'un pas guilleret en se frottant les mains.

Duom Nil' Erg soupira.

– Je sens que ma bourse va s'alléger.

À ce moment, un cri s'éleva dans la rue, qui s'acheva dans un gargouillis. Edwin porta la main à son sabre. Il fit un signe aux deux soldats qui saisirent leurs lances et se dirigèrent vers la porte.

Elle s'ouvrit avant qu'ils ne l'atteignent. Une femme entra, la main sur la poignée d'un long coutelas passé à sa ceinture. Elle examina l'auberge et les rares convives avant de s'installer à une table.

Les deux soldats interrogèrent Edwin du regard et celui-ci hocha la tête. Ils sortirent.

Camille détailla la nouvelle venue. C'était une jeune femme d'une vingtaine d'années. Elle avait la peau mate, de longs cheveux noirs brillants tirés en arrière et tressés. Ses vêtements de cuir sombre, semblables à ceux d'Edwin, mettaient en valeur sa silhouette élancée.

Hans et Maniel revinrent dans la salle. Hans chuchota quelques mots à l'oreille d'Edwin qui se détendit.

– L'aubergiste n'avait pas tort. Les hommes qui étaient au comptoir sont certainement des bandits. L'un d'eux a dû penser que cette demoiselle serait une proie facile.

– Et alors ? demanda Bjorn, prêt à se lever.

– Il s'est trompé.

La jeune femme avait commencé le repas que l'aubergiste venait de lui apporter. S'apercevant qu'elle était le point de mire de leurs regards, elle leva la tête et les dévisagea tour à tour. La présence des deux adolescents sembla la rassurer et un léger sourire flotta sur ses lèvres.

Salim choisit ce moment pour bâiller bruyamment.

– Tu as raison, se moqua Edwin, il est l'heure d'aller se coucher.

24

Ils repartirent à l'aube, alors que le soleil pointait à peine.

Camille et Salim avaient partagé la chambre de Duom Nil' Erg. Il avait ronflé toute la nuit et, si cela avait fait rire Camille et Salim, ils n'en avaient pas moins dormi profondément.

Ils voyagèrent d'une traite jusqu'à la pause de midi, traversant trois villages et un bourg un peu plus étendu, puis ils quittèrent le plateau et la végétation redevint plus verte, plus haute.

Camille était assise à côté de l'analyste et ils débattaient à mi-voix.

– Il existe autant d'arts du Dessin qu'il existe de dessinateurs, lui expliquait-il. Cela complique sérieusement les choses quand on veut enseigner à une novice comment s'y prendre...

À l'arrière du chariot, Salim soupira. Son rôle dans l'aventure commençait à lui paraître bien secondaire. Il n'osait pas s'avouer ouvertement qu'il était jaloux de la prestance des autres membres de la troupe, mais il entrait un peu de ce sentiment dans sa morosité. Impossible par contre d'envier Camille. Salim était convaincu qu'elle était exceptionnelle. Il trouvait donc logique qu'on lui porte une attention particulière. Bjorn avait juré de la défendre, maître Duom passait son temps à parler avec elle, jusqu'à Edwin qui ne la quittait jamais vraiment des yeux. Tout cela était normal, sauf que, Camille étant préoccupée par ce qu'elle découvrait depuis trois jours, il finissait par se trouver un peu seul.

Bjorn dut s'apercevoir que le garçon broyait du noir. Il talonna son cheval et s'approcha.

– Monte, jeune homme !

Le chevalier avait allégé son armure dont le plastron et le heaume étaient maintenant rangés dans le chariot. Il avait passé une cotte de mailles sur une tunique matelassée et ses cheveux, qu'il portait assez longs, flottaient sur ses épaules.

– Que je monte où ? s'étonna Salim en regardant autour de lui.

– Ici, benêt, se moqua Bjorn en désignant sa selle, pas dans un arbre.

– Je peux ?

– Puisque je te le propose !

Salim poussa un cri de joie. Sans plus attendre, il bondit sur le chevalier. Bjorn, surpris, faillit être désarçonné, mais réussit, in extremis, à retrouver son équilibre tout en retenant Salim.

Le cheval, rompu aux exercices guerriers, n'avait pas bronché.

– Je me demande, grommela Bjorn, si je n'ai pas fait une bêtise en te proposant ça.

Salim lui lança un regard si faussement désolé que le chevalier éclata de rire.

– Eh bien, continua-t-il, on va faire en sorte que tu ne sois pas venu pour rien.

Il éperonna son cheval qui bondit. Salim poussa un cri, mais déjà l'animal atteignait sa pleine vitesse. En quelques secondes, ils furent loin. Bjorn fit décrire à sa monture un grand cercle autour d'un bosquet de frênes avant de revenir vers la troupe. Salim riait aux éclats, d'un rire extatique. Bjorn amena son coursier contre le chariot et le garçon bondit à l'intérieur.

– Plus tard, je serai chevalier, affirma-t-il à Camille.

– J'espère que nous ne croiserons pas un cosmonaute ou un chasseur de méduses, se contenta-t-elle de répondre en souriant.

En milieu d'après-midi, la contrée devint plus sauvage. Aucun village, aucune ferme, même fortifiée, ne se dressait plus à l'horizon. Ils croisèrent par contre de nombreux animaux et Edwin donna une nouvelle preuve de son talent en abattant à plus de cent mètres, d'une seule flèche, un oiseau semblable à une autruche naine que maître Duom appela coureur.

Salim profita de l'occasion pour raconter à Bjorn, qui était devenu son grand ami, l'histoire de sa tresse coupée par un tir d'Edwin quand il les avait sauvés des marcheurs.

La nuit était presque là lorsque, près d'un bois, ils découvrirent un petit feu qui brûlait sans fumée et un cheval attaché à un arbre proche. Aucun être humain n'était visible. Duom arrêta l'attelage. Edwin mit pied à terre et s'approcha du feu, la main sur la poignée de son sabre, tous les sens en alerte.

– Vous ne risquez rien.

La voix avait retenti, claire, à l'orée du bois. Edwin pivota souplement. Sa lame sortit du fourreau avec un chuintement menaçant et il se mit en garde.

Une silhouette s'approcha, les mains en évidence. Camille reconnut la jeune femme de la veille.

– Que faites-vous ici ? l'interpella Edwin en rengainant son sabre.

– Je pourrais vous retourner la question, mais comme je suis polie et que j'ai des principes, je préfère vous proposer d'utiliser mon feu pour votre repas.

La réponse avait été proférée d'une voix calme, légèrement teintée de moquerie. Camille décida que cette jeune femme lui plaisait.

Edwin dut juger qu'elle n'était pas dangereuse, car il se reprit :

– Je suis désolé de vous avoir paru discourtois. Nous acceptons votre offre si vous acceptez de partager notre nourriture.

– Volontiers, acquiesça la jeune femme, votre compagnie sera la bienvenue. J'aime voyager seule, mais il faut avouer que je m'ennuie parfois un peu.

Sur un signe de tête d'Edwin, Hans et Maniel descendirent à leur tour de cheval et entreprirent de dresser le camp, aidés par Bjorn, pendant que Duom s'approchait de la jeune femme.

– Enchanté, dit le vieil analyste d'un ton cérémonieux, je m'appelle Duom Nil' Erg.

– Enchantée également, si le mot convient, je suis Ellana Caldin.

L'analyste s'apprêtait à présenter ses compagnons quand le maître d'armes lui vola la parole.

– Je m'appelle Edwin et voici Camille et Salim.

La jeune femme regarda les deux adolescents avec un brin de surprise.

– Vous n'avez pas peur, s'étonna-t-elle, de voyager si loin par les temps qui courent ?

– Je pourrais vous retourner la question, rétorqua Camille, mais comme je suis discrète et que j'ai des principes, je préfère vous demander si vous aimez la viande de coureur cuite à point.

Ellana sourit, laissant entrevoir des dents éclatantes.

– Voilà longtemps que je ne m'étais fait moucher d'aussi belle façon, approuva-t-elle.

Peu de temps après, ils se retrouvèrent assis autour du feu, mordant à pleines dents dans une viande grillée et juteuse. Maniel avait pris le premier tour de garde et, sa lance à la main, se tenait à l'écart de la lumière dispensée par les flammes.

Ellana se montra une convive loquace et amusante. Elle connaissait des dizaines d'histoires et possédait un véritable don de conteuse. Lorsqu'elle en eut relaté trois d'affilée, elle se tourna vers Camille.

– Et toi, jeune fille, qui as la langue si bien pendue, ne nous raconteras-tu pas quelque chose ?

Camille capta le regard inquiet d'Edwin. Elle le rassura d'un sourire.

– J'ai peur de ne pas être très douée pour les récits. Mais mon ami Salim saura sans doute vous distraire et peut-être même vous impressionner.

Tous se tournèrent vers Salim qui ne se fit pas prier davantage pour se lever. Il plongea la main dans sa poche et en sortit ses balles colorées. Il commença à jongler en s'excusant.

– Je suis un peu rouillé, ne vous moquez pas.

Les balles virevoltèrent de plus en plus vite et Camille rit de joie : Salim se surpassait. Il acheva son numéro sous les applaudissements.

Camille remarqua le regard brillant qu'Ellana portait sur son ami.

– Je suis sûre que tu peux nous offrir quelques acrobaties, lança la jeune femme.

Salim s'exécuta.

Il fit le tour du camp en marchant sur les mains et réussit à ramasser une de ses balles avec les pieds. Puis il se redressa et, après une brève course d'élan, effectua un magnifique saut périlleux.

Ellana le félicita.

– Bravo Salim, tu disposes de belles capacités. J'espère qu'on te donnera l'occasion de les exploiter.

Le garçon s'assit sous les remarques élogieuses de Bjorn et d'Edwin. Camille le savait ému et elle était heureuse pour lui.

Bientôt Edwin indiqua qu'il était temps de se coucher. Hans prit son tour de garde.

– Réveille-moi dans deux heures, lui ordonna le maître d'armes.

Le soldat hocha la tête. Il se posta près d'un gros arbre, à une vingtaine de mètres du campement.

La nuit promettait une nouvelle fois d'être fraîche et Camille fut heureuse de s'envelopper dans son poncho. Le feu baissa progressivement jusqu'à n'être plus que braises. Bientôt, seule la lueur des étoiles éclaira le camp. Il n'y avait aucun bruit.

Camille ferma les yeux et s'enfonça lentement dans le sommeil.

Elle rêvait.

Elle était en cours de français, assise au fond de la classe, seule face à Mlle Nicolas qui lisait un texte dont elle ne comprenait pas le moindre mot et s'arrêtait parfois pour lui poser des questions auxquelles elle ne savait pas répondre. Alors que son professeur avait toujours fait preuve d'un caractère enjoué, son visage se contorsionna tout à coup dans un accès de rage. Ses traits se brouillèrent, se déformèrent jusqu'à devenir méconnaissables. Ce n'était plus Mlle Nicolas qui se tenait devant elle, mais un homme vêtu de noir. Ses iris semblaient briller d'une lumière maléfique et un rictus déformait sa bouche.

Un flot d'angoisse envahit Camille. L'inconnu gagna en netteté. Il était environné de ténèbres et son attention entière était focalisée sur elle.

Elle se savait à la frontière du monde réel et de celui des rêves, pourtant le regard de l'homme l'empêchait de se réveiller complètement. Elle se débattit un moment contre son cauchemar puis, dans un immense effort de volonté, le fit voler en éclats.

Elle ouvrit les yeux. Elle ne rêvait plus, mais l'homme était toujours là, son visage se découpant sur le ciel étoilé juste au-dessus d'elle. La lame d'un poignard brilla une fraction de seconde avant de descendre doucement vers sa gorge.

Camille ne pouvait pas bouger, ne réussissait pas à crier. Pétrifié, son corps refusait de lui obéir comme s'il avait été drogué. Ses efforts tirèrent à son agresseur un sourire cruel.

La lame touchait le cou de Camille lorsqu'un pied nu percuta le visage de l'homme. Surpris, il esquiva cependant le plus gros de l'impact et se redressa d'un mouvement souple presque reptilien.

Camille sentit un liquide chaud couler le long de sa gorge. Encore étonnée d'être en vie, elle leva les yeux.

Ellana se tenait à côté d'elle, les genoux fléchis, les mains en position de combat. Elle bondit, ses pieds et ses mains, véritables armes vivantes, tourbillonnant devant elle. L'homme en noir reçut un coup à l'estomac, un autre au coin de la bouche. À cet instant, Camille put bouger et le camp sortit de sa torpeur. Edwin se leva, le sabre à la main.

L'inconnu prit conscience que son plan, basé sur la surprise, avait échoué. Il passa à l'attaque. Ellana fut immédiatement submergée. Le poignard de son adversaire lui entailla le bras, la ralentissant assez pour qu'il tire le sabre qu'il portait dans le dos. Elle voulut reculer. Trop tard !

L'acier étincela sous les étoiles et elle se plia en deux. Le sabre remonta pour le coup de grâce, mais Edwin était là. Sa lame bloqua celle de l'homme qui fit un pas en arrière.

– Lumière ! cria Edwin.

Camille perçut le dessin confus que maître Duom, à moitié réveillé, essayait de créer. Elle se jeta dans l'Imagination.

Elle ne s'embarrassa pas de détails. Pas de flammes, pas de soleil, rien qu'une lumière vive qui jaillit de partout à la fois, éclairant la scène comme en plein jour.

L'homme était vêtu d'une souple armure de cuir noir parfaitement ajustée. Son sabre d'une main, son poignard de l'autre, il combattait avec un extraordinaire brio. Edwin, torse nu, tenait son arme à deux mains, parant les coups de plus en plus violents assénés par son adversaire.

Bjorn finit par accourir, son énorme hache de guerre à bout de bras. Il resta en périphérie de l'affrontement, cherchant vainement une ouverture.

Duom, lui, se précipita vers Camille. Elle le sentit placer une compresse contre son cou, mais ne lui accorda aucune attention, les yeux rivés sur le combat.

Les sabres se mouvaient si rapidement qu'il était impossible de les suivre des yeux. Les deux hommes alternaient attaques et parades à une vitesse hallucinante.

Camille commença peu à peu à deviner une logique dans le duel. Les mouvements d'Edwin, toujours plus fluides, devinrent implacables. Elle comprit que le maître d'armes, qui avait jusque-là jaugé son adversaire, se déplaçant pour se trouver toujours entre sa cible et lui, accentuait sa pression. L'homme en noir céda du terrain, ses mouvements faiblirent. La première blessure qu'il reçut fit voler son poignard au loin, la deuxième lui lacéra la cuisse.

Voyant enfin une brèche, Bjorn s'élança, mais déjà le sabre d'Edwin achevait son œuvre de mort. Pendant une infime seconde, l'inconnu baissa sa garde. Sa gorge s'ouvrit et un flot de sang jaillit.

Camille détourna les yeux. L'homme en noir s'affaissa lourdement à terre et ne bougea plus.

Lorsque Camille voulut se précipiter vers Ellana, maître Duom la retint avec une vigueur qu'elle ne lui soupçonnait pas.

– Attends ! lui ordonna-t-il.

– Elle est vivante ! cria Bjorn qui s'était penché sur la jeune femme toujours étendue au sol.

Camille sentit un étau se desserrer dans sa poitrine. Ils avaient frôlé la catastrophe...

Ce fut Salim qui découvrit le corps de Hans. Il était allongé sans vie près de l'arbre où il avait monté la garde, là où l'assassin l'avait surpris.

Maniel accourut. Il se tint une minute prostré près du corps de son ami. Un sanglot rauque lui échappa enfin.

Salim vacilla. Il lui sembla soudain vieillir de dix ans et découvrir des choses qu'il aurait toujours voulu ignorer. Une part de son enfance venait de mourir avec Hans.

Maître Duom raviva le feu et la clarté surnaturelle qu'avait dessinée Camille s'éteignit. Edwin défit délicatement les vêtements d'Ellana. Il poussa un sifflement et Camille l'entendit murmurer :

– Une marchombre !

Elle s'approcha.

L'intérieur de la veste de cuir était cousu d'une multitude de poches, chacune occupée par un objet précis, couteau, crochet, dard et autres pointes.

Une vilaine plaie barrait l'abdomen d'Ellana.

Camille saisit le bras de Bjorn.

– Elle... ?

Le chevalier eut un sourire qu'il voulait rassurant.

– Je pense qu'elle peut s'en sortir. Sa blessure saigne abondamment, mais elle n'a pas l'air trop profonde.

Voyant que Camille ne se sentait pas bien, il la prit par les épaules pour l'attirer plus loin.

– Qui était cet homme ? l'interrogea-t-elle d'une voix tremblante en désignant la forme sans vie étendue sur le sol.

Le chevalier fit une grimace.

– Un mercenaire du Chaos.

– Comment nous a-t-il retrouvés ?

– Je ne suis pas un spécialiste comme Edwin Til' Illan, mais je vois là une intervention des Ts'liches. Ces foutus lézards ont dû le transporter ici, à moins qu'il n'ait été l'un de ces mercenaires capables d'effectuer le pas sur le côté. J'ai entendu dire qu'il y avait d'excellents dessinateurs parmi eux...

Il était devenu inconcevable de dormir là.

Il fallut creuser une tombe pour Hans, tâche que Maniel voulut accomplir seul. Lorsque le soldat fut enterré, maître Duom prononça quelques phrases sur sa sépulture et chacun se recueillit en silence.

Puis Edwin et Bjorn chargèrent Ellana, toujours inconsciente, sur le chariot. Ils attachèrent son cheval et celui de Hans à l'arrière.

La troupe reprit lentement sa route, le cœur serré.

– Avons-nous une chance d'arriver à Al-Jeit ? demanda Camille d'une voix lasse.

Edwin lui jeta un regard farouche.

– Sur ce que j'ai de plus cher au monde, Ewilan, je te jure que nous y arriverons.

25

L'état d'Ellana était critique.

Maître Duom avait confié les rênes à Salim et se tenait à l'arrière du chariot à côté de la jeune femme. Il avait réussi à endiguer l'hémorragie mais, en milieu de matinée, elle commença à délirer.

Edwin s'approcha et contempla un instant son visage exsangue.

– Nous allons faire un détour par Ondiane, annonça-t-il. Les rêveurs nous aideront.

– Les rêveurs ? interrogea Camille.

– Oui. Dans ton monde, on les appellerait certainement moines ou prêtres. Ils vivent à l'écart du monde, cultivent leur jardin, élèvent quelques animaux et passent beaucoup de temps à méditer. Ils sont également très versés dans l'art de la médecine.

– Il ne vaudrait pas mieux aller voir un chirurgien ?

– Al-Jeit est encore à une dizaine de jours d'ici et je doute que nous trouvions plus compétents que les rêveurs pour lui sauver la vie.

Ils quittèrent la piste principale pour se diriger vers une chaîne de collines assez escarpées. Le soleil était haut dans le ciel lorsqu'ils arrivèrent en vue d'Ondiane.

C'était une imposante construction, juchée sur un éperon rocheux. Les hauts murs crénelés et les ouvertures étroites rappelèrent à Salim les images de châteaux forts qui l'avaient fait rêver pendant son enfance.

Ils gravirent une piste raide jusqu'à la porte en bois massif qui barrait l'accès à la bâtisse.

Edwin tambourina contre l'huis. Un judas coulissa et une voix leur demanda ce qu'ils voulaient. Edwin expliqua les raisons de leur venue et bientôt, la porte s'ouvrit.

Le chariot pénétra dans une cour intérieure baignée de soleil, au centre de laquelle se dressait une fontaine coulant dans un bassin de pierre. Un homme vêtu d'une longue et simple bure, les cheveux presque ras, s'approcha d'Ellana et l'examina rapidement.

Deux autres rêveurs sortirent d'un bâtiment, avec une civière. Ils chargèrent délicatement la jeune femme et s'éloignèrent avec elle. Aucun mot n'avait été prononcé.

Maître Duom descendit du chariot et s'avança vers l'homme qui les avait accueillis. Il lui parla un moment à voix basse, puis se tourna vers ses compagnons.

– Nous allons nous arrêter ici. Nous avons besoin de repos et les chevaux sont fatigués. Les rêveurs d'Ondiane acceptent de nous recevoir.

Camille descendit à son tour et marcha jusqu'à la fontaine, suivie par Salim. Depuis le drame de la nuit précédente, ils n'avaient pas échangé une parole.

– Comment vas-tu ? demanda Camille.

Le garçon haussa les épaules.

– Mal, je suppose, finit-il par répondre, mais ça pourrait être pire.

Elle lui serra l'épaule et se pencha pour prendre de l'eau dans ses mains et se rafraîchir le visage.

– Nous allons rentrer, Salim.

Il la regarda, étonné.

– Qu'est-ce que tu racontes ?

– J'ai bien réfléchi. Je suis ici chez moi, je n'ai aucune envie de repartir, mais je dois réaliser ce qu'on attend de moi. Et puis n'avais-tu pas envie que je te ramène ?

Salim contourna la question.

– Je croyais que tu ne savais pas comment faire pour rentrer ?

– Je pense avoir compris, maintenant. Il ne me reste qu'à essayer.

– Et les autres ?

– Ils ont été clairs. Ils veulent que j'aille chercher mon frère. Si j'en suis capable désormais, pourquoi leur imposer des risques inutiles en poursuivant jusqu'à Al-Jeit ?

– Tu viens de dire que tu n'avais pas envie de repartir !

– Il se trouve que ça ne compte pas. Et toi, seras-tu heureux si nous rentrons ?

Salim se tut un moment. Il réfléchissait et, à son habitude, passa ses doigts entre ses tresses.

– Je ne sais pas, ma vieille, je ne sais vraiment pas. Mais la question ne se pose pas. Si tu pars, je pars.

– Et si j'étais restée ?

– Devine !

Camille eut un grand sourire. Elle l'attrapa par les épaules et déposa un baiser sur sa joue.

– Tu es génial ! s'exclama-t-elle, je ne sais pas comment je ferais sans toi.

Salim toussota pour cacher sa gêne. Il fit mine d'être assoiffé et s'empressa de se détourner pour boire à la fontaine. Camille se dirigea vers Edwin qui venait de conduire les chevaux à l'écurie et tenait un conciliabule avec Duom Nil' Erg et Bjorn.

– Je pars, annonça Camille.

Abasourdis, les trois hommes se tournèrent vers elle.

– Que dis-tu ? demanda finalement l'analyste.

– Je dis que je pars, répéta Camille. J'emmène Salim avec moi et je me mets en quête de mon frère.

– Comment vas-tu faire ? questionna Bjorn. Tu ne sais pas à quoi il ressemble ni où il vit. Tu es jeune, tes parents doivent te chercher partout, ils ne te laisseront jamais repartir. Tu ne...

– Stop ! cria Camille.

Bjorn se tut et la regarda, les yeux écarquillés.

– Stop, reprit-elle. Ce n'est plus le moment de soulever ces problèmes. Ce sont des détails face à la mort de Hans et à la blessure d'Ellana.

– Te sens-tu capable de réussir ton pas sur le côté ? lui demanda maître Duom, sceptique.

Camille secoua la tête avec agacement.

– Je crois. En tout cas, je dois essayer. Je ne supporte pas l'idée que vous risquiez tous vos vies en attendant que je sois prête.

– Mais...

Edwin posa la main sur l'épaule de l'analyste.

– Elle a raison, Duom. Si elle le peut, elle doit partir. Je suis fier de toi, Ewilan, continua-t-il. J'ai conscience que ce départ te coûte et je veux que tu saches qu'au-delà de l'espoir que tu offres à l'Empire, te rencontrer aura été un grand bonheur pour moi. Nous attendrons ton frère Akiro ici. Envoie-le-nous le plus rapidement possible. Les armées impériales ne tiendront plus très longtemps face aux Raïs. Surtout, sois prudente.

Il se tourna ensuite vers Salim.

– Quant à toi, mon garçon, continue à veiller sur elle, je compte sur toi.

Salim hocha la tête.

– Tu vas y arriver, Ewilan, affirma maître Duom, j'en suis persuadé.

Camille ignorait si le vieillard pensait vraiment ce qu'il disait ou s'il cherchait à la rassurer, mais elle était confiante.

Bjorn les serra dans ses bras à tour de rôle, puis Camille recula d'un pas. Elle contempla la cour ensoleillée, la fontaine, les hauts murs de pierre comme pour les graver dans sa mémoire, avant d'adresser un signe à Salim qui s'approcha.

Elle lui prit la main et commença à dessiner.

– Ne nous fais pas arriver dans le fleuve ! plaisanta-t-il pour se donner une contenance.

Camille sourit et, soudain, ils disparurent.

Edwin regarda l'endroit où ils s'étaient tenus une seconde plus tôt.

– Les dés sont jetés. Nous comptons sur toi, Ewilan, dit-il à haute voix.

AKIRO

1

Un instant, ils étaient dans la cour d'Ondiane, l'instant suivant ils coulaient à pic dans un univers aquatique glauque, se débattant pour ne pas se noyer.

Camille sentit ses poumons sur le point d'exploser.

De l'eau, de l'eau partout !

Elle ne savait pas dans quelle direction nager et ne parvenait pas à distinguer le haut du bas. À côté d'elle, Salim ouvrait de grands yeux terrifiés. Tout à coup, elle heurta quelque chose du pied.

Elle baissa les yeux, si baisser était le terme exact. Une voiture se trouvait là, l'avant planté dans la vase. C'était le repère qui lui manquait. Suivie par Salim, elle se propulsa vers le haut d'un violent coup de pied. Des points noirs papillonnaient devant leurs yeux et ils étaient près de perdre connaissance lorsqu'ils crevèrent la surface. Ils inspirèrent une délicieuse bouffée d'air et la vie emplit leurs poumons.

Ils étaient au beau milieu d'un fleuve. Il faisait grand jour, un faible courant les entraînait et, sur les berges, Camille reconnut les immeubles de la cité de Salim.

– Courage, lança-t-elle, la maison est juste là.

– Génial, jeta Salim, je n'aurai même pas besoin de me laver en arrivant.

Ils bataillèrent de longues minutes pour regagner la rive, et s'accrochèrent, épuisés, à une échelle au bord du quai.

Des voix toutes proches retentirent. Des bras se tendirent et ils furent tirés hors de l'eau.

– Que vous est-il arrivé ? demanda quelqu'un.

– Regardez, lança une voix, on dirait les deux adolescents qui ont disparu et dont on parle à la télévision.

Camille ferma les yeux.

Les véritables problèmes commençaient.

La police fut sur les lieux peu de temps après et les conduisit au commissariat. Pendant le trajet, Camille se pencha vers son ami.

– Nous avons été enlevés, murmura-t-elle. Nous nous sommes échappés. Laisse-moi parler et contente-toi de confirmer ce que je dirai.

Salim, dépassé par les événements, hocha la tête.

Au commissariat, on leur procura des vêtements secs, puis un inspecteur les interrogea. Camille lui raconta une histoire qu'elle tenta de rendre aussi plausible que possible. Des inconnus les avaient kidnappés devant chez elle, quatre jours plus tôt. Ils les avaient bâillonnés et leur avaient bandé les yeux, avant de les enfermer dans une pièce qu'elle pensait vide puisque les rares paroles prononcées résonnaient fortement. Il lui avait semblé entendre les voix de trois hommes différents, mais elle n'en était pas certaine.

Pour faire bonne mesure, elle se mit à pleurer doucement ; l'inspecteur, désolé, essaya maladroitement de la consoler. Salim, lui, jouait les hébétés. Il n'avait pas à se forcer beaucoup tant le changement l'avait assommé.

– Et comment vous êtes-vous libérés ? demanda le policier.

Camille relata la dernière partie de son mensonge.

Les ravisseurs les avaient détachés, puis entraînés de nouveau dans une voiture. Pendant le trajet, Salim et elle avaient discrètement fait glisser les bandeaux qui les aveuglaient. Deux hommes étaient assis à l'avant.

– Quand nous sommes passés au-dessus du fleuve, l'auto a ralenti, avant de s'arrêter. Les deux hommes ont consulté une carte sans faire attention à nous. Les portières étaient déverrouillées, nous avons risqué le tout pour le tout. Nous nous sommes précipités à l'extérieur et nous avons sauté du pont.

L'inspecteur paraissait partagé entre l'admiration et le doute.

– N'avez-vous pas d'autres renseignements ? Tous les indices, mêmes infimes, peuvent nous être utiles.

Camille fit mine de réfléchir et ajouta :

– Juste avant d'enjamber le parapet, j'ai vu le numéro d'immatriculation de la voiture.

L'inspecteur se pencha en avant, soudain très attentif.

– Et tu t'en souviens ?

– Oui. 6444 RG 26.

– Parfait, je vérifie, j'en ai pour une minute.

Il fit pivoter sa chaise pour faire face à son ordinateur. Il tapota quelques touches et se rejeta en arrière en pestant.

– Une voiture volée ! J'aurais dû m'en douter. Ce qui m'intrigue, c'est que le vol a été déclaré il y a plus d'un an. Où l'ont-ils planquée pendant tout ce temps ?

On frappa à la porte du bureau et un policier en uniforme passa la tête par l'entrebâillement.

– On vous attend à l'accueil, chef.

L'inspecteur se leva.

– Ce sont certainement vos parents. Nous les avons avertis dès que nous vous avons retrouvés. Je reviens dans un instant.

– Qu'est-ce que c'est que cette histoire de plaque d'immatriculation ? demanda Salim dès qu'ils furent seuls.

Camille sourit. Ses cheveux étaient trempés, elle portait de vieux vêtements trop grands pour elle et sentait la vase, mais Salim la trouvait encore plus belle que d'habitude.

– C'est le numéro de la voiture que nous avons vue au fond du fleuve. Si elle était là, ce n'est pas par hasard. Il y avait de fortes chances qu'elle ait été volée.

– Tu es géniale.

Elle fit mine de se fâcher.

– Et toi, tu es un danger public. Qu'est-ce qui t'a pris de me parler du fleuve juste avant qu'on fasse le pas sur le côté ? J'avais commencé à dessiner le parc. Tu as tout détraqué.

Salim éclata de rire. Camille l'imita

– Désolé ma vieille… commença-t-il.

La porte du bureau s'ouvrit et M. Duciel entra.

– Je ne vois vraiment pas ce que la situation a de comique, lança-t-il à Camille de sa voix sèche. Vous nous faites mourir d'inquiétude, vous nous couvrez de ridicule en faisant parler de vous dans tous les journaux, nous sommes appelés au commissariat comme des parents de délinquants et, quand j'arrive, je vous trouve en train de rire avec cette espèce de…

– Je m'appelle Salim, monsieur.

– De… de… d'impertinent ! acheva M. Duciel. Quant à vous, Camille, vous n'avez pas fini d'en entendre parler. Croyez-moi.

L'inspecteur entra à son tour dans le bureau et trouva M. Duciel, rouge de colère, les mains sur les hanches, en train d'apostropher Camille.

– Je m'attendais à trouver votre fille dans vos bras, remarqua-t-il.

M. Duciel essaya de se donner une contenance.

– L'émotion, sans doute…

L'inspecteur ne parut pas dupe, mais n'ajouta rien. Il se tourna vers Salim.

– Ta mère vient de nous rappeler. Elle n'a pas le temps de venir te chercher et veut que tu rentres à pied.

Il soupira avant d'ajouter :

– Quel monde, c'est incroyable ! J'ai demandé une voiture, nous allons te raccompagner. Bon les enfants, nous ferons tout pour coincer les gens qui vous ont fait ça, mais je ne vous promets rien. Nous disposons de peu d'éléments. Comme on dit dans les films, ne vous éloignez pas, j'aurai peut-être des questions à vous poser. En attendant, reposez-vous et ne ressassez pas trop cette histoire. Évidemment, si vous vous souvenez de quelque chose, même un détail, n'hésitez pas, prévenez-moi. Je suis l'inspecteur Franchina.

Camille se sentit rougir. Mentir n'avait pas été difficile, mais le policier était si humain que le tromper lui faisait honte. Heureusement, il ne remarqua pas son trouble et leur adressa un franc sourire.

– Vous allez sans doute être interviewés par des journalistes. Ils sont parfois un peu difficiles à supporter, mais ne vous inquiétez pas. Cela ne durera pas et vous retrouverez bientôt votre petite vie tranquille.

Camille le remercia.

Petite vie tranquille.

S'il savait…

2

Camille fut accueillie avec froideur.

Sa mère déposa un baiser sur sa joue en plissant le nez.

– Mon Dieu, que vous sentez mauvais.

Camille soupira.

– J'ai dû plonger dans le fleuve pour m'échapper.

– Il faut toujours que vous vous fassiez remarquer. Était-ce bien nécessaire ?

– ...

– Enfin... Maintenant que vous êtes revenue, allez vous laver et passez une tenue convenable. Ne traînez pas. Depuis deux jours les journalistes guettent le moindre de nos gestes. Nous avons décidé, votre père et moi, de les laisser vous questionner une bonne fois pour toutes. Le plus tôt étant le mieux, ils seront là sous peu. Ainsi ne nous importuneront-ils plus. Inutile de vous dire que nous n'avons pas apprécié la publicité que votre aventure nous a attirée et que nous avons hâte que tout cela soit oublié.

Camille se mordit la langue pour ne pas exploser.

Elle s'obligea à gagner calmement la salle de bains. Une fois la porte refermée derrière elle, elle serra les poings, frappa violemment du pied par terre et cracha une bonne dizaine de jurons. Imaginer que sa mère l'entendait lui rendit le sourire. Elle se déshabilla et, pendant que la baignoire se remplissait, examina son reflet dans la glace. Heureusement que les Duciel ne lui accordaient guère d'attention, sinon ils auraient sans doute remarqué son bronzage récent et elle aurait eu du mal à l'intégrer à son histoire de captivité.

Elle se glissa dans son bain en soupirant d'aise. Elle ne s'était que débarbouillée ces quatre derniers jours, et sa baignade forcée n'avait fait qu'aggraver la situation. Elle empestait.

Posés en tas sur le carrelage, les vieux vêtements qu'on lui avait prêtés juraient avec le luxe de la salle de bains. Camille les regarda avec un petit sourire qui se transforma en grimace.

– La sphère graphe ! s'exclama-t-elle.

Elle était restée au commissariat dans la poche de son jean. Comment avait-elle pu l'oublier ? Sans compter que si ses parents découvraient les vêtements avec lesquels elle était revenue, ils allaient exiger des explications…

Elle avait fait une erreur. Elle aurait dû réfléchir davantage avant de faire le pas sur le côté !

L'idée des problèmes qui l'attendaient gâcha le plaisir de son bain. Elle se savonna rapidement, se rinça et sortit de la baignoire.

Elle se préparait à enfiler un jean et un tee-shirt lorsqu'elle se rappela les recommandations de sa mère. Elle choisit donc une robe de jeune fille modèle, qu'elle assortit d'un bandeau pour retenir ses cheveux. Son image, dans le miroir de sa chambre, faillit la faire éclater de rire. Difficile de dormir à la belle étoile avec cet accoutrement !

Les journalistes l'attendaient dans le salon. Elle s'était imaginé de nombreux techniciens, des fils partout, des spots... Il n'y avait que deux hommes, dont l'un portait une caméra numérique.

Assise dans un fauteuil, sa mère minaudait tandis que son père prenait des poses devant la cheminée. Ils s'avancèrent vers elle, pleins de sollicitude.

L'interview dura une demi-heure et Camille fut tentée à plusieurs reprises de se pincer, tant l'attitude de ses parents était incongrue. Ils rivalisaient de gentillesse à son égard et multiplièrent les marques d'affection.

Quand les journalistes furent partis, ils se regardèrent avec l'assurance de ceux qui pensent avoir été parfaits. Camille les avait trouvés grotesques. L'inspecteur avait raison, la vie reprenait comme avant.

Les Duciel classèrent l'affaire sans état d'âme. Ils ne cherchèrent pas une seconde à savoir ce qui avait pu motiver l'enlèvement et ne posèrent pas la moindre question à Camille sur ce qu'elle avait vécu.

Elle finit sa soirée dans la bibliothèque, seule, lovée dans son fauteuil favori, échafaudant des plans pour la suite. Il lui tardait d'être au lendemain pour les soumettre à la sagacité de Salim.

3

Au collège, ils furent accueillis comme des stars. Tout le monde voulait leur parler, leur poser des questions, savoir en détail ce qui s'était passé. Avant qu'ils ne soient submergés par la foule des curieux, Salim avait eu le temps de souffler à l'oreille de Camille :

– J'ai tes fringues à la maison. J'ai aussi ta pierre dans ma poche.

À la récréation de dix heures, l'émoi étant un peu retombé, Camille et Salim purent se retrouver dans un coin de la cour pour discuter tranquillement.

– Comment ça s'est passé chez toi ? demanda-t-elle.

Le garçon sourit largement.

– Au poil ! Je ne suis pas sûr que ma mère se soit aperçue que j'étais parti. Non, je plaisante, elle en avait entendu parler à la télé ! Et toi, ton père a continué sur sa lancée du commissariat ?

Camille décida de calquer son attitude sur celle de son ami. Inutile de se ronger les sangs ou de se lamenter, mieux valait en rire.

– Pas du tout ! Il était un peu tendu à cause de l'émotion, voilà tout. J'ai été accueillie avec des fleurs et j'ai croulé sous les cadeaux de bienvenue.

Salim approuva d'un hochement de tête appréciatif.

– Nous avons une sacrée chance d'avoir des familles aussi affectueuses, tu ne trouves pas ?

Camille acquiesça. Adopter un enfant, elle le savait, représentait une aventure longue et complexe qui requérait une bonne dose de ténacité et énormément d'amour. Pourquoi les Duciel avaient-ils fait l'effort de la recueillir ? Ils n'éprouvaient rien pour elle, ils la considéraient comme une charge et non comme un membre de leur famille...

– Tu as raison, affirma-t-elle, à part un couple de Ts'liches, je ne saurais imaginer mieux que mes parents ! Mais dis-moi, comment as-tu fait pour les habits et la pierre ?

– Pour les fringues, ça a été simple, je les ai demandées à l'inspecteur Franchina. Il me les a données dans un grand sac poubelle, sans prêter attention à nos tuniques et à nos bottes.

– Et la sphère graphe, tu l'as ?

– Je n'arrive toujours pas à la toucher, alors j'ai découpé la poche de ton jean, tiens.

Camille prit la pierre bleue dans le creux de sa main.

– J'ignore à quoi elle sert, remarqua-t-elle, songeuse, mais je m'y suis habituée. J'aime bien l'avoir avec moi. Un jour, elle me sera peut-être utile...

– Je n'ose pas imaginer la tête des policiers s'ils avaient essayé de la saisir. Ils seraient sans doute venus te poser quelques questions supplémentaires, tu ne crois pas ?

– Sûrement... Il faudra que je sois plus prudente désormais. D'autant que j'ai encore pas mal de choses à faire.

– Que nous avons ! s'indigna Salim, tu ne vas pas me laisser tomber tout de même.

Camille lui sourit avec reconnaissance.

– Tu n'es pas obligé de m'aider, tu sais. Je t'ai entraîné dans cette aventure sans te demander ton avis et nous avons bien failli y laisser notre peau. Je comprendrais que tu préfères ne plus t'en mêler, maintenant.

Salim prit un air sérieux que Camille ne lui connaissait pas.

– Nous allons régler cette question une fois pour toutes, dit-il avec fermeté. Je suis avec toi ! Jusqu'au bout ! Tu es mon amie et, vu l'accueil de ma famille, je pense que tu es la seule personne importante que j'aie au monde. Alors ne compte pas m'abandonner en chemin. Nous trouverons Akiro ensemble et nous l'enverrons faire son devoir en Gwendalavir.

Camille inspira longuement. L'émotion l'étreignait. Sans se l'avouer, elle avait craint un moment de devoir continuer seule.

Salim s'en aperçut et son grand sourire habituel remplaça sa mine grave.

– Et puis, continua-t-il, tu imagines un peu la raclée que me mettrait Edwin s'il apprenait que je t'ai laissé tomber ? Bien, je suppose que tu as passé la nuit à mettre un plan d'attaque au point. Par quoi commençons-nous ?

– J'ai eu plusieurs idées. Celle que j'ai retenue passe par une visite chez le juge. Ce sont certainement mes parents, les vrais, qui nous ont conduits dans ce monde, mon frère et moi, après avoir bloqué notre mémoire. Mes premiers souvenirs datent du jour où je me suis retrouvée dans le bureau du juge, avec mes parents, les faux.

– Tu crois que c'est le même juge qui vous a placés tous les deux ?

– C'est possible. Mes parents, les vrais, ont dû faire les choses correctement. Je les imagine mal nous abandonner sur les marches d'une église par une froide nuit d'hiver.

– Dommage, ça rendrait ton histoire encore plus pathétique !

– Salim, tu as une cervelle de crustacé. Il est possible que le juge ait conservé des documents nous concernant, mon frère et moi. Il faut mettre la main dessus.

– Tu comptes entrer dans son bureau et lui demander gentiment la permission de fouiller dans ses archives ?

– Une cervelle de crustacé débile ! Après les cours, ce soir, nous passerons devant le tribunal et nous aviserons pour la suite.

– Bien chef ! Le crustacé est à vos ordres !

Camille éclata de rire et Salim, qui avait recherché cet effet, se sentit soulagé.

Leur journée au collège leur parut d'une morosité insupportable. Ils avaient pris l'habitude d'un rythme de vie trépidant où dangers et merveilles se succédaient à un rythme rapide.

Être assis à une table pendant une journée entière fut une torture.

Ils finirent cependant par être libérés et partirent d'un pas rapide.

– Je ne peux pas traîner, avait expliqué Camille. Pendant quelques jours, mes parents vont me surveiller de près. Il faut que je fasse attention.

Elle avait trouvé l'adresse du juge pour enfants dans l'annuaire. C'était une annexe du tribunal, située dans le centre-ville. Un petit parc bien entretenu s'étendait devant la façade principale.

Ils firent le tour du bâtiment pour repérer les ouvertures. Les deux portes d'entrée étaient imposantes et bardées de serrures, les fenêtres du rez-de-chaussée munies de barreaux et celles des étages se trouvaient à une bonne hauteur du sol.

– C'est une véritable forteresse, soupira Camille accablée. Je ne vois absolument pas comment nous y introduire.

– J'ai deux ou trois idées, la rassura Salim. Tu veux que je te les expose ?

Camille regarda sa montre et secoua la tête.

– Pas maintenant, il faut que j'y aille. Tu crois qu'on pourrait essayer cette nuit ?

– Sans aucun problème, affirma Salim, mais comment vas-tu t'échapper ?

– Je me débrouillerai. Rendez-vous à une heure, d'accord ?

– Bien chef, je serai là !

Camille lui lança un clin d'œil et rentra chez elle, en marchant à vive allure pour arriver à temps.

La soirée lui parut interminable. Mme Duciel, pour une fois, l'interrogea sur ce qu'elle avait fait au collège, mais Camille comprit rapidement que ses réponses ne l'intéressaient pas vraiment.

Elle prétexta une grosse fatigue et monta dans sa chambre.

Son principal souci, pour son évasion nocturne, était la présence de Sultan et Gengis. Les molosses la connaissaient, ils ne l'attaqueraient pas, mais ils risquaient d'aboyer. Or la police avait certainement établi un rapprochement entre son enlèvement et la présence d'un prétendu rôdeur qui avait brisé une vitre quelques jours plus tôt. Elle devait se débrouiller pour passer inaperçue.

Camille se mit à tourner en rond en attendant l'heure. Vers minuit et demi, elle ouvrit la fenêtre de sa chambre. Les chiens arpentaient la pelouse.

Maître Duom avait affirmé que, dans ce monde, l'Art du Dessin s'affaiblissait jusqu'à parfois disparaître complètement. Elle avait pourtant dessiné à plusieurs reprises, bien que de manière involontaire ou brouillonne. Il était temps de vérifier si elle avait progressé.

Elle se concentra et, aussitôt, un sourire illumina son visage. La magie opérait à nouveau. Elle parvenait à imaginer, dessiner et faire basculer dans la réalité ce qu'elle voulait. La règle énoncée par l'analyste ne la concernait apparemment pas. Il lui fallait cependant découvrir si sa création pouvait leurrer les chiens de garde et leur odorat infaillible.

À une dizaine de mètres de Sultan et Gengis, une magnifique femelle rottweiler apparut, les regardant avec impudence. Les molosses flairèrent l'air. Ce qu'ils sentirent dut leur plaire, car ils s'approchèrent de la chienne en frétillant de la queue. Elle s'éloigna d'un pas léger et les deux chiens la suivirent, subjugués par sa présence.

Camille était émerveillée. Ce pouvoir ouvrait des perspectives si vertigineuses que la tête lui en tournait presque. Elle retint avec difficulté un cri de joie et enjamba l'appui de la fenêtre. Elle s'agrippa à la gouttière et glissa jusqu'à terre. Elle partit du côté opposé à la direction qu'avaient prise les cerbères.

Les détecteurs infrarouges reliés aux alarmes étaient placés assez haut pour que les chiens ne coupent pas leurs faisceaux et elle n'eut aucune difficulté à les éviter. Elle passa le mur en s'aidant des branches d'un vieux pin, se laissa tomber souplement dans la rue et regarda derrière elle. Le retour serait plus difficile, Salim devrait l'aider à grimper. Ce n'était toutefois pas le moment d'y penser, aussi Camille partit d'un bon pas vers le centre-ville.

Son ami l'attendait à l'endroit convenu. Habillé de sombre, il se fondait dans l'obscurité et elle ne le remarqua qu'au dernier instant.

– Merci, murmura-t-elle.

– Le crustacé de l'ombre est toujours prêt pour de nouvelles aventures, chef...

Elle lui serra l'épaule.

– On y va ?

Salim hocha la tête.

Ils s'approchèrent discrètement de la grille basse qui entourait le parc du bâtiment. Après un regard circulaire sur la rue déserte, ils l'enjambèrent. Ils contournèrent en silence l'édifice avant de revenir sur leurs pas.

– Tu vois une solution ? fit Camille, dubitative.

Une petite fenêtre sans volets s'ouvrait tout en haut de la façade, au niveau du troisième étage.

– On va passer par là, décréta Salim.

– Nous ne sommes pas des oiseaux, rétorqua Camille. Les crustacés ne volent pas, tu sais.

Le garçon sourit dans l'ombre.

– Fais-moi confiance ! Est-ce que tu peux grimper jusqu'à la fenêtre qui est là, au premier étage ?

– Sans problème, répondit-elle, mais j'ai oublié ma dynamite pour forcer les volets !

– Attends-moi une minute, je reviens.

Le temps que Camille comprenne, il s'était élancé. Il prit appui sur les barreaux du rez-de-chaussée, tendit un bras et crocheta le bas d'un volet au premier étage. Il se hissa à la force des poignets jusqu'à se retrouver perché sur une minuscule corniche faisant le tour de l'édifice. Il la longea lentement jusqu'à un endroit où les joints abîmés entre les pierres de la façade lui offrirent de nouvelles prises. Il commença alors à grimper avec précaution.

En bas, Camille retenait sa respiration. Elle le vit atteindre sans encombre le deuxième étage et attaquer la dernière partie de son escalade. Il dut faire pratiquement un grand écart pour accéder à la fenêtre qu'ils avaient repérée.

Salim avait vu juste. Elle était entrouverte et il put se glisser à l'intérieur. Camille soupira de soulagement. Au bout de ce qui lui parut être une éternité, un grincement la fit sursauter. Un des volets de la fenêtre du premier étage s'ouvrit légèrement.

– Allez, ma vieille, souffla Salim, à toi de jouer.

Camille attrapa à son tour les barreaux du rez-de-chaussée et se hissa au niveau du premier étage. Salim lui saisit la main et l'aida à passer à l'intérieur. Elle se retrouva dans l'annexe du tribunal. Lorsque Salim tira le volet, il y régna une obscurité presque complète. Se déplacer s'annonçait difficile.

Une douce lumière naquit au bout de ses doigts.

Salim sursauta.

– Ma parole, tu es une véritable sorcière !

– Je ne sais pas pourquoi, lui expliqua-t-elle, mais je trouve que la lumière est la chose la plus facile à dessiner.

Ils étaient dans une salle d'attente, meublée de chaises et d'une table basse supportant une pile de revues.

Dès qu'elle fut dans le couloir, Camille reconnut les lieux. C'était son plus vieux souvenir et il était présent à son esprit dans ses moindres détails. Suivie par Salim, elle gagna la cage d'escalier et monta au deuxième étage. Là, elle se dirigea sans hésiter vers une porte imposante tendue de cuir.

Elle n'était pas fermée à clef et ils pénétrèrent dans une pièce spacieuse, aux murs couverts de livres, un bureau sombre trônant en son centre.

Camille se souvenait parfaitement de l'homme assis dans son fauteuil, mais n'avait aucune idée de l'endroit où il rangeait ses documents. Une imposante armoire métallique, haute de deux mètres et large d'autant, attira son attention. Elle était divisée en tiroirs coulissants, marqués chacun d'une série de lettres.

Camille ouvrit le tiroir qui portait les lettres DI/EN, et découvrit une multitude de dossiers bien classés.

– Heureusement que ce juge est plus ordonné que moi, souffla-t-elle à Salim.

Elle trouva sans difficulté le dossier Duciel. Elle le posa sur le bureau et le feuilleta. Elle aurait aimé le consulter tranquillement, mais n'osait pas prendre le temps de le faire, non plus que le risque de l'emporter.

L'information qu'elle cherchait se trouvait à la troisième page dans un paragraphe intitulé « fratrie ». Elle avait bien un frère.

Il s'appelait Mathieu et avait été adopté deux jours avant elle par une famille du nom de Boulanger. Elle mémorisa l'adresse, remarquant au passage qu'il était précisé que toute communication entre le frère et la sœur était interdite. Le juge avait souligné l'information en rouge, ajoutant une série de points d'interrogation qui laissait présumer le caractère inaccoutumé du procédé. Elle rangea ensuite le dossier à sa place.

Ils ressortirent par la fenêtre de la salle d'attente. Avant de rejoindre Camille, Salim repoussa les volets le mieux possible pour dissimuler leur intrusion. L'opération avait duré moins d'une demi-heure.

Ils regagnèrent la maison de Camille. Là, Salim l'aida à se hisser sur le mur d'enceinte.

Une fois perchée à son faîte, elle aperçut Gengis et Sultan, mais ne vit aucune trace de la chienne qu'elle avait dessinée un peu plus tôt. Cela ne la surprit pas ; maître Duom lui avait expliqué que les dessins n'avaient qu'une durée d'existence limitée. Elle se glissa dans l'Imagination.

Un instant plus tard, les deux molosses s'éloignèrent à la poursuite de la belle qui venait de réapparaître sous leurs yeux.

Camille se pencha vers son ami.

– Tu as été génial !

Salim sentit son cœur prêt à exploser comme à chaque fois que Camille le complimentait.

Il ne trouva rien à répondre, signe qu'il était vraiment ému, et haussa les épaules pour se donner une contenance.

Sur un dernier sourire, Camille se laissa glisser dans le jardin et regagna sa chambre sans encombre.

Elle eut du mal à s'endormir. Elle tournait et retournait le nom et l'adresse de son frère dans son esprit. *Mathieu Boulanger, 26 rue de la Plaine.*

Elle calcula qu'il était un peu plus jeune qu'elle ne l'était aujourd'hui lorsqu'il avait été conduit dans ce monde. À présent, il avait entre dix-huit et dix-neuf ans.

Était-il possible qu'elle l'ait croisé sans rien pressentir ? La rue de la Plaine était dans le centre-ville, elle devait l'avoir empruntée une bonne centaine de fois en sept ans. Elle essaya de l'imaginer, mais son portrait ne cessait de se modifier. Lorsqu'il prit les traits de Salim, elle renonça et ferma les yeux.

4

Le lendemain matin, Salim l'attendait devant le collège en faisant les cent pas.

– Je suis passé rue de la Plaine, lui annonça-t-il, il y a bien une famille Boulanger au 26.

Camille laissa échapper un cri de joie.

– Génial ! On y va ce soir après les cours ?

– D'accord. Tu vois, ça n'a pas été trop compliqué de le retrouver.

– C'est vrai. Reste que j'ai le trac. Il ignore peut-être que les Boulanger ne sont pas ses vrais parents. Il risque de tiquer si je lui annonce que je suis sa sœur.

– Ça, ma vieille, il n'y a qu'un moyen de le savoir.

Leur journée de classe fut interminable. Camille n'avait qu'une hâte, que la sonnerie les libère et, à dix-sept heures, ils furent parmi les premiers à quitter le collège.

À leur grande surprise, l'inspecteur Franchina les attendait à la sortie.

– Bonjour les jeunes. J'étais dans le coin et j'ai eu l'idée de passer pour prendre des nouvelles. Comment allez-vous ?

– Ça va, répondit Camille.

Le policier eut un sourire un peu gêné.

– Ton père n'a pas eu l'air très heureux de te revoir. Ça a dû te faire de la peine.

– Bof, vous savez, j'ai l'habitude, il n'est pas du genre à étaler ses sentiments.

– Tout de même... On aurait pu s'attendre à un peu plus de gentillesse. J'avoue que son attitude m'a étonné.

Camille le dévisagea.

– Vous soupçonnez mon père d'avoir un rapport avec notre enlèvement ?

Le policier rougit légèrement et prit la parole trop vite, sur un ton mal assuré.

– Pas du tout ! Pourquoi voudrais-tu que je le suspecte ?

– Je ne veux rien, mais si vous désirez qu'on ne devine pas vos pensées, il faudrait mieux les dissimuler.

L'inspecteur haussa les épaules et, après un bref salut, se dirigea vers sa voiture.

– Waouh ! s'exclama Salim, tu as dû perdre un boulon pendant nos aventures ! Qu'est-ce qui t'a pris de lui parler comme ça ? Tu n'as même pas été polie !

Camille soupira.

– N'exagère pas. Son enquête patine, il a besoin de suspects et il est évident qu'il trouve louche le comportement de mon père. Mais comme nous sommes des collégiens, il n'a pas pris la peine de masquer ses soupçons et ça m'énerve. Si je lui ai parlé sur ce ton, c'est que nous avons d'autres choses à faire qu'à discuter des raisons d'un enlèvement qui n'a pas eu lieu. Tu viens ?

Les deux amis partirent vers le centre-ville et gagnèrent la rue de la Plaine.

Le 26 était un ancien hôtel particulier, bien restauré, avec des barreaux de fer forgé aux fenêtres du rez-de-chaussée. La porte d'entrée, en bois sombre, dominait le trottoir de quelques marches.

Salim resta en arrière, tandis que Camille, après une légère hésitation, appuyait sur le bouton de la sonnette.

Bientôt, des pas retentirent et la porte s'ouvrit sur une femme âgée d'une cinquantaine d'années. Elle eut un mouvement de recul nettement perceptible en découvrant Camille, mais se reprit très vite et lui offrit un sourire avenant.

– Oui ? dit-elle.

– Bonjour madame, commença Camille, est-ce que je pourrais parler à Mathieu ?

La femme prit un air étonné.

– Mathieu ? Mais il n'est pas là.

– Ah...

– Que lui veux-tu, à Mathieu ?

Camille se jeta à l'eau.

– J'ai entendu parler de lui au collège et...

Mme Boulanger l'arrêta d'un geste aimable.

– Toujours ces histoires de dessin, je suppose. C'est vrai qu'il est très doué, mais tu devras te trouver un autre professeur si c'est bien ce que tu cherches. Mathieu vit à Paris depuis deux ans. Il a intégré les Beaux-Arts et nous ne le voyons que pendant les vacances.

Camille eut envie de hurler, mais elle réussit à se contenir. Elle remercia Mme Boulanger qui lui adressa un signe de la main avant de refermer sa porte.

En essayant de calmer les battements de son cœur, Camille s'avança vers Salim qui s'était discrètement reculé de quelques pas lorsque Mme Boulanger était apparue. Il écouta toute l'histoire.

– Calme-toi, ma vieille ! s'exclama-t-il en voyant son visage bouleversé. Paris, ce n'est pas le bout du monde. Tu vas tranquillement retourner chez toi. Demain nous chercherons une solution à ce problème. Cela aurait été étonnant qu'on réussisse en deux jours, je dirais même frustrant. Tu ne crois pas ?

– Tu as sans doute raison, admit-elle, mais je ne peux pas m'empêcher d'être déçue.

Salim leva les yeux au ciel.

– Ah ces génies, il leur faut tout, tout de suite ! As-tu réfléchi à ce que nous ferons une fois qu'on aura trouvé ton frère ?

– ...

– Tu vois ! Moi je te le dis, on va s'ennuyer ! Ne sois donc pas pressée de finir ton travail, d'accord ?

Salim avait un don certain pour dédramatiser une situation. Quand elle le quitta, Camille était rassérénée.

Une fois arrivée chez elle, elle se serait volontiers blottie dans un fauteuil devant un bon film, mais Mme Duciel lui rappela qu'elle était punie et qu'à son souvenir personne n'avait levé la sanction. Camille renonça à s'expliquer et se retira jusqu'au dîner dans la bibliothèque.

Le repas fut aussi plaisant que d'habitude et, lorsqu'il prit fin dans un silence pesant, elle se demanda si elle serait encore capable de supporter cette atmosphère pendant toutes les années qui lui restaient à vivre avec les Duciel.

Elle regagna sa chambre en invoquant des révisions et s'allongea sur son lit. L'urgence de la situation en Gwendalavir excluait qu'elle attende l'hypothétique retour de son frère pour les vacances, mais elle ne connaissait pas Paris et s'inquiétait à l'idée de devoir s'y rendre.

Un grattement sur le parquet la tira de ses réflexions. Elle pencha la tête et bondit de surprise. Un curieux animal, à peine plus gros qu'une souris, était assis au milieu de sa chambre et se frottait le museau avec ses pattes avant. Il avait une fourrure gris pâle qui semblait très douce, une queue en panache et des oreilles pointues.

Au bruit que fit Camille en se penchant, la bestiole inclina la tête sur le côté et braqua sur elle des yeux noirs immenses, presque démesurés par rapport à sa taille. Elle trottina vers le lit et escalada la couette qui pendait jusqu'au sol. Camille tendit la main très doucement et, du bout des doigts, effleura la fourrure grise. Le petit animal émit un curieux ronflement. La souris, sauf que ce n'était pas une souris, ronronnait comme un chat !

– D'où viens-tu, toi ? murmura-t-elle en la caressant.

La bestiole se figea, la regarda de nouveau droit dans les yeux, puis se dégagea de la main qui la cajolait.

Camille, sous le charme, la vit grimper sur son bras, longer son épaule et venir se blottir contre son cou, tout près de son oreille. Elle se sentit heureuse, comme si l'animal dégageait des ondes familières.

Ce ne fut donc pas la naissance du dessin qui la surprit, mais le fait que ce n'était pas la bestiole qui le créait. Elle l'avait « transporté » et le laissait maintenant basculer dans la réalité. Ce fut d'abord une création informe, presque une sensation, qui lui rappela son contact mental avec Éléa Ril'Morienval. Puis, comme pour lui donner raison, le dessin devint une myriade de mots qui s'agencèrent directement dans son esprit. Camille ne put retenir un léger cri. La voix de maître Duom s'éleva alors et elle fut absolument attentive.

– *Ewilan, bonjour ou bonsoir, puisque j'ignore quelle heure il peut être dans ton monde. J'espère que le chuchoteur ne t'a pas trouvée à un moment trop dérangeant pour toi. Il avait pour mission de ne t'approcher que si tu étais seule, mais ces animaux sont parfois distraits.*

Comme tu peux le constater, les marcheurs ne sont pas les seuls à pouvoir faire le grand pas. Je pense que tu auras préféré que je t'envoie un chuchoteur plutôt qu'une de ces araignées répugnantes.

Trêve de plaisanterie, j'ai plusieurs nouvelles à t'annoncer. Deux en fait.

La première est bonne. Ellana est sauve. Les rêveurs d'Ondiane ont accompli des prouesses. Ils marient à la perfection une excellente connaissance du corps humain et une pratique mystérieuse d'un art dérivé du Dessin. Je crois que personne d'autre qu'eux n'aurait pu la sauver. Elle a repris connaissance ce matin et se rétablit à vue d'œil. Elle a reconnu son appartenance à la guilde des marchombres et a été soulagée que cela ne nous choque pas. Elle a prêté un serment de dette à Edwin. Sache que les marchombres ont un sens de l'honneur très développé ; Ellana ne se considérera comme libre qu'après lui avoir sauvé la vie trois fois. Tu connais Edwin comme moi, elle risque d'être liée pour un moment...

La deuxième nouvelle est plus sombre. Avec l'aide des rêveurs, j'ai un peu sondé l'Imagination. Ceux d'Ondiane empruntent des Spires qui leur sont propres et que les Ts'liches ne connaissent pas. Nous venons d'assister au départ d'un mercenaire du Chaos. J'ignorais que leurs dessinateurs pouvaient faire le grand pas, mais l'un d'eux vient de quitter notre monde.

J'ai peur de deviner sa destination...

Si ce que j'imagine s'avère exact, tu cours un très grave danger. Les Ts'liches ont évalué à sa juste valeur le péril que tu représentes pour eux et vont tout mettre en œuvre pour te faire disparaître. Tu es devenue la cible de cette race maléfique !

Un mercenaire, surtout du niveau de celui qui est en route vers toi, n'aura aucune difficulté à se fondre dans ton monde. Le pire serait qu'ils aient envoyé un Mentaï, un maître assassin en quelque sorte. Ses pouvoirs sont immenses, autrement plus redoutables que ceux d'un marcheur et, s'il s'avère qu'il maîtrise vraiment le grand pas, la situation est dramatique.

Sois constamment sur tes gardes. Le danger peut provenir de partout. Si tu en as la possibilité et si ta mission le permet, déplace-toi continuellement. Il sait où tu es apparue, mais si tu ne dessines pas et si tu tiens ton esprit à l'écart de l'Imagination, il aura du mal à te localiser avec précision.

Garde le chuchoteur s'il est d'accord. Tu ne pourras toutefois pas l'utiliser pour me répondre, car leur faire transporter des messages exige une longue pratique.

Nous comptons tous sur toi, Ewilan.

N'oublie jamais le sang qui coule dans tes veines.

Les mots s'estompèrent lentement dans l'esprit de Camille et le chuchoteur reprit son ronronnement. Elle le caressa distraitement du bout des doigts.

La situation prenait un tour désagréable. Maître Duom avait tenté de l'avertir sans trop l'inquiéter, mais elle n'était pas dupe. Un mercenaire du Chaos avait déjà essayé de la tuer et seul le sacrifice d'Ellana lui avait sauvé la vie. Si un Mentaï était un super mercenaire, elle n'avait aucune chance dans un affrontement direct, et personne ici ne pourrait lui venir en aide… Elle se sentit soudain fragile et vulnérable. Il lui tardait d'être au lendemain pour retrouver Salim.

Dans le jardin, Sultan et Gengis se mirent à aboyer sauvagement.

5

Camille se leva et tendit l'oreille.

Il arrivait parfois aux deux molosses d'aboyer sans véritable raison, mais d'ordinaire cela ne durait pas. Ils reprenaient rapidement leur garde muette et vigilante.

Or, là, ils paraissaient surexcités et leurs aboiements ressemblaient à ceux qu'avait provoqués l'arrivée du marcheur, quelques jours plus tôt. Camille sentit son sang se glacer dans ses veines.

Le chuchoteur se mit à tourner en rond en couinant faiblement et, quand elle le prit, il se pelotonna dans sa main.

Lorsqu'elle s'approcha de la fenêtre, un silence brutal tomba sur le jardin. Elle ne percevait plus rien, pas même le bruit des pattes des chiens sur le gravier de l'allée. Au lieu de la rassurer, cela l'affola.

Elle percevait le danger comme un gaz mortel qui se serait infiltré dans la pièce par tous ses interstices. Elle se rappela l'avertissement de maître

Duom : « Tu es éminemment reconnaissable dès que tu dessines », et la phrase d'Edwin lorsque les Ts'liches les avaient attaqués : « Tu as dû laisser traîner une part de ton esprit dans l'Imagination et ça les a attirés ! »

Il était trop tard pour s'en inquiéter. Si ce qu'elle craignait était vrai, elle était repérée. Et en danger !

Le chuchoteur remua dans sa main.

Quand, de crainte de l'écraser, elle desserra ses doigts, il courut le long de son bras et se faufila dans la poche de l'ample chemise qu'elle portait par-dessus son tee-shirt.

C'est à cet instant qu'elle vit le dessin naître. Elle ne comprit pas immédiatement et c'est ce qui faillit la perdre : le dessinateur se trouvait quelque part, derrière l'un des massifs de buis, elle le sentait, mais sa création prenait vie dans sa chambre.

Camille leva les yeux.

Une grille d'acier brillant, hérissée de pics acérés de vingt centimètres, la surplombait, terrifiante.

Le dessin était parfait.

La grille était réelle.

Camille agit alors qu'elle tombait droit sur elle. De grosses chaînes de fer, imaginées en un éclair, se tendirent dans un bruit infernal, rivant la herse au plafond, à mi-hauteur de sa course.

Elle entendit son père l'appeler d'une voix menaçante et, pour une fois, cela lui fit plaisir. Elle faillit ne pas percevoir l'arrivée dans la réalité d'une énorme cisaille, qui s'attaqua aux chaînes qu'elle venait de dessiner.

Le chuchoteur, dans sa poche, émit un cri strident.

Camille plongea vers la porte à l'instant où son
père l'ouvrait. Elle le percuta et ils roulèrent tous
deux dans le couloir, évitant la herse d'extrême justesse. Les pointes d'acier s'enfoncèrent profondément dans le plancher.

M. Duciel poussa un grognement sourd, mais déjà
Camille se relevait. Elle bondit dans l'escalier, sau-
tant directement du demi-palier au rez-de-chaussée.
Elle ne pensait plus qu'à une chose, fuir le plus loin
possible du mercenaire.

Sa mère, dans le hall, se précipitait vers le téléphone. Camille l'esquiva, dérapa sur le marbre de
l'entrée, se rétablit in extremis et s'engouffra dans
la cuisine. Elle entendit derrière elle Mme Duciel
s'adresser à la police, et, à l'étage, son père appeler
au secours.

Elle essaya de calmer les battements de son cœur,
mais avant qu'elle n'y soit parvenue, un nouveau
dessin naquit. En se traitant de tous les noms, elle
se contraignit à l'immobilité. Quand la herse mortelle bascula dans la réalité au-dessus d'elle, elle
était prête.

Elle tendit sa volonté et lorsque la grille la percuta,
elle ne broncha pas.

L'acier était devenu caoutchouc. Elle avait réussi
à s'approprier le dessin de son ennemi.

La herse rebondit et se coinça entre la table et les
fourneaux.

Camille savait qu'elle n'avait gagné qu'un bref
répit. Son esprit tournait à cent à l'heure.

Au moment où la solution s'imposait à elle, il y eut un bruit dans le cellier. La porte de service de la cuisine explosa et le mercenaire apparut.

Il était vêtu d'une combinaison sombre, un masque de tissu noir recouvrait son visage. Il tenait à la main une complexe arbalète de métal. Il leva le bras et une volée de dards porteurs de mort fusa vers elle.

Ils se plantèrent dans le mur, avec une série de claquements secs.

Camille avait disparu.

Le mercenaire se figea.

La fille était forte, rapide, mais elle ne savait pas masquer son don. La retrouver serait un jeu d'enfant. Elle devait se trouver tout près.

Il se concentra, arpentant l'Imagination à la recherche de cette trace si particulière que laissent les débutants.

Attirés par le pouvoir comme un insecte par une flamme, une partie de leur esprit reste engagée dans les Spires sans qu'ils en aient conscience et ils sont visibles à qui sait chercher. Sa proie ne tarderait pas à lui apparaître.

À sa grande surprise, il ne trouva rien qu'un frémissement qu'il écarta dédaigneusement. Le don d'Ewilan était bien plus fort que ça. Si fort que lui, un Mentaï, en était presque jaloux.

La porte donnant sur le hall s'ouvrit et un homme apparut. Certainement le père adoptif de la fille, songea le mercenaire. Il leva son bras armé de l'arbalète. Le trait jaillit et M. Duciel fut projeté en arrière en poussant un hurlement.

Le Mentaï passa à côté de l'homme gémissant à terre, sans le regarder.

Il n'accorda pas non plus le moindre regard à la femme prostrée contre le meuble qui supportait le téléphone. Il traversa le hall et ouvrit la porte d'entrée.

Une dernière fois, il se plongea dans l'Imagination et ne trouva rien.

Il eut un rictus. La chasse promettait d'être exceptionnelle.

Doucement, il s'enfonça dans la nuit.

6

Camille suffoquait.

Son idée était bonne puisque le mercenaire n'avait pas réapparu, mais l'oxygène se raréfiant, il lui était de plus en plus difficile de respirer.

Elle avait fait un pas sur le côté vers un endroit qu'elle n'imaginait pas revoir. L'eau du fleuve était glaciale.

Dans l'obscurité, elle avait failli ne pas trouver la voiture plantée à la verticale dans la vase, bien qu'elle se soit matérialisée à moins d'un mètre d'elle. En économisant ses mouvements pour ne pas dépenser inutilement son oxygène, elle s'était glissée dans le véhicule par une fenêtre ouverte à l'arrière, qu'elle avait ensuite entrepris de refermer.

Le mécanisme, rouillé, avait d'abord refusé de fonctionner.

Camille avait senti son cœur s'affoler et ses poumons implorer de l'air. Elle avait repoussé la vague de panique et s'était acharnée sur la poignée. La vitre était remontée, centimètre par centimètre, jusqu'à se fermer complètement.

Proche de l'évanouissement, elle avait utilisé ses dernières forces pour dessiner. Une grande poche d'air pur était apparue, chassant l'eau par le pare-brise avant cassé. Camille s'était agrippée au dossier de la banquette, et ses poumons fonctionnant à toute vitesse avaient rattrapé le temps perdu.

Elle calcula que, si elle ne faisait pas de mouvements superflus, elle disposait d'un quart d'heure devant elle. L'oxygène finirait alors par manquer et en dessiner à nouveau ne servirait à rien puisque le dioxyde de carbone, qui s'accumulait peu à peu, était plus léger et ne serait pas chassé de la voiture.

« Il faut que je masque mon don, se dit-elle. Mon plan de sauvetage d'urgence a fonctionné et cette espèce de psychopathe ne peut pas me retrouver avec l'écran formé par l'eau du fleuve. Mais dès que je sortirai, car il faudra bien que je sorte, il va me sauter dessus et me découper en morceaux. »

Elle passa en revue tout ce que maître Duom et Edwin lui avaient appris. Les Ts'liches l'avaient retrouvée sans difficulté dans la forêt de Baraïl, guidés par le retentissement de son pas sur le côté, mais il devait y avoir autre chose. L'avertissement d'Edwin lui revint une fois de plus en mémoire : « Tu as dû laisser traîner une part de ton esprit dans l'Imagination et ça les a attirés ! » Était-il possible que sa trace ait subsisté parce qu'elle n'était pas complètement sortie des Spires ? Et si oui, comment quitter l'Imagination après avoir dessiné ?

Elle réfléchit intensément. Dessiner revenait à pénétrer dans une autre dimension. Avait-elle laissé la porte ouverte en ressortant ? L'idée, malgré la gravité de la situation, la fit sourire. Elle se concentra néanmoins sur cette pensée et perçut très vite un changement. Un lien dont elle ignorait l'existence s'était rompu au moment où elle avait fermé « la porte ». Elle était sortie de l'Imagination. Entièrement cette fois-ci.

Le manque d'oxygène commençait à se faire ressentir et l'eau du fleuve regagnait peu à peu le terrain perdu. Il lui fallait se décider.

Elle prit une large bouffée d'air avant de se glisser par le pare-brise. Elle frôla le fond vaseux et battit des pieds pour gagner la surface. La remontée fut rapide. Quand elle émergea, elle se repéra aussitôt. Elle nagea vers la rive ouest, sans essayer de lutter contre le courant qui la faisait dériver et prit pied sur le quai. Elle grelottait et fut soulagée de ne voir apparaître aucune silhouette menaçante. Elle ne redeviendrait repérable que si elle dessinait.

Il ne lui restait plus qu'à aller voir Salim. Elle traversa la berge pour gagner le boulevard qui la conduirait aux Peintres. Soudain, elle s'arrêta.

Elle palpa fiévreusement ses poches avant de baisser les bras, catastrophée.

Le chuchoteur ! Il avait disparu ! Elle grimaça en imaginant le petit animal noyé au fond du fleuve. Cette pensée lui faisait mal. Elle retrouva un peu d'espoir en se disant qu'il avait peut-être effectué un pas sur le côté avant son plongeon.

En quelques minutes, elle arriva à la cité de Salim. Il y avait de nombreuses personnes au bas des immeubles, qui observèrent avec surprise ses vêtements trempés et sa mine défaite, sans les commenter. Elle n'était venue qu'une fois chez son ami, pourtant elle retrouva sans difficulté la tour Picasso. Évidemment l'ascenseur ne fonctionnait pas et, lorsqu'elle eut gravi à pied les onze étages, elle avait moins froid. Elle frappa à la porte.

À son grand soulagement, ce fut Salim qui ouvrit.

Il la contempla un long moment avec effarement, puis lui demanda :

– Ne me dis pas que tu es retournée te baigner dans le fleuve ?

– Salim...

– Qu'est-ce qui se passe ?

– Un mercenaire du Chaos nous a suivis. Il m'a attaquée chez moi. Je m'en suis sortie de justesse.

Un jeune garçon passa la tête à la porte. Salim le repoussa et s'avança dans le couloir.

– Viens, descendons, proposa-t-il, il faut que nous dressions un plan. Attends, je vais t'apporter des vêtements secs.

Il revint deux minutes plus tard avec un jean et un tee-shirt, et détourna les yeux pendant que Camille se changeait rapidement dans la cage d'escalier. Ils descendirent et s'installèrent sur un banc délabré, à une vingtaine de mètres de l'entrée de la tour.

– Pétard de pétard, lança Salim, qu'allons-nous faire ?

– Je ne vois que deux solutions, annonça Camille.

Le garçon eut l'air surpris.

– Deux ? Moi qui étais persuadé qu'il n'y en avait aucune… Raconte.

– C'est tout simple, du moins à dire. Soit repartir en Gwendalavir, soit filer à Paris pour retrouver mon frère.

– Je me disais bien aussi que deux solutions c'était trop beau. Tu ne proposes que des choses impossibles.

– Presque impossibles, rectifia Camille. En tout cas, on ne peut pas rester ici. Cette ville est devenue un vrai coupe-gorge.

– Nous pourrions nous abriter chez moi, le temps de réfléchir, proposa Salim.

À cet instant, une voiture de police se gara devant la tour. Deux hommes en uniforme en descendirent, le troisième était l'inspecteur Franchina. Ils entrèrent dans le hall.

– Raté, souffla Camille en se baissant, bien qu'avec la distance et l'obscurité elle n'ait eu aucune chance d'être reconnue. Mes parents ont alerté la police et signalé ma disparition.

– On pourrait lui demander de l'aide…

– Les grilles qui ont failli avoir ma peau auront disparu, d'accord, mais le plancher de ma chambre est ravagé. Les murs de la cuisine sont certainement troués comme une passoire et mes parents ont dû voir le mercenaire. Comment expliquer ça à ces messieurs de la police ? En leur faisant un dessin pour qu'ils comprennent mieux, peut-être ?

Camille avait haussé le ton et Salim sentit qu'elle était tendue comme un ressort.

– D'accord, ma vieille, dit-il conciliant, je n'insiste pas. Il y a des chances qu'en racontant tout à la police, on se retrouve bien au chaud dans un asile. Et le mercenaire n'aurait qu'à nous cueillir. Peut-être que ce serait mieux d'aller retrouver Edwin et les autres.

– Non ! Nous allons à Paris !

– Mais tu as dit que...

– J'ai réfléchi, ils comptent sur nous. Nous n'allons pas renoncer à la première difficulté.

– Un mercenaire du Chaos, objecta Salim, c'est une difficulté de taille.

– Tu as raison, acquiesça Camille, mais tu n'es pas obligé de m'accompagner. C'est moi qu'ils veulent. Tu peux laisser tomber si tu préfères.

Elle avait parlé d'un ton calme et sec. Salim leva les bras au ciel.

– Et voilà ! s'exclama-t-il, elle recommence. Tu veux que je te l'écrive en alexandrins sur un papier de notaire ? Si tu pars, je pars. Où tu vas, je vais, même au fond du fleuve. Alors arrête de dire des bêtises et réponds à ma question.

– Quelle question ?

– Celle que je vais te poser.

– Eh bien, pose-la !

– On y va comment à Paris ? En train ou en avion ?

7

Il était presque minuit lorsqu'ils arrivèrent à la gare.

– Bon, dit Salim, récapitulons. Nous devons prendre le train pour Paris. Pour le moment tout va bien, nous sommes dans une gare et il y en a un qui part à cinq heures. Là où ça se complique, c'est que nous avons en tout et pour tout une vingtaine d'euros à notre disposition. J'ai peur que ce soit insuffisant, même pour deux allers simples en deuxième classe.

– Je t'ai connu plus combatif, ironisa Camille en se laissant tomber sur un banc.

– Tu pourrais peut-être dessiner une liasse de billets de cinquante euros ? suggéra-t-il.

– Sans problème ! Pendant ce temps, tu tiendras compagnie à notre ami le mercenaire qui ne man-quera pas de rappliquer. Chacun son boulot, pas vrai ? Au fait, je t'ai précisé que c'était un Mentaï, une sorte d'assassin avec des super pouvoirs ?

– Tu vieillis mal, se moqua Salim, tu perds ton sens de l'humour, il faut que tu te ressaisisses.

Camille ne l'écoutait plus. Ses yeux se fermaient malgré ses efforts pour les garder ouverts, et elle se sentit doucement basculer dans le sommeil, la voix de Salim n'étant plus qu'un murmure inaudible.

La petite boule de poils qui venait de se nicher sur ses genoux commença à ronronner béatement.

Camille rouvrit brusquement les yeux.

Contre la paume de sa main, le chuchoteur dressa les oreilles avant de ronronner de plus belle.

– Regarde, Salim, murmura-t-elle, il est revenu.

Le garçon sursauta et, inquiet, jeta un coup d'œil autour de lui.

– Qui ? Le mercenaire ?

– Mais non, le chuchoteur ! Là, sur mes genoux !

Salim se pencha pour l'examiner.

– On dirait un rat nain avec des yeux de hibou !

– C'est un chuchoteur, espèce de mollusque, répliqua vertement Camille. J'avais très peur qu'il se soit noyé. Je me demande comment il a fait pour me retrouver. Il est sacrément doué.

Salim eut un rire moqueur.

– S'il est si doué que ça, il pourrait peut-être nous procurer deux billets pour Paris ? Je te rappelle que nous avons un train à prendre. Admets que, si je suis un mollusque et non plus un crustacé, ton rat, lui, est aussi impuissant que moi à nous aider.

Le chuchoteur lui lança un regard réprobateur et poussa un couinement.

– Il dit que tu es injuste et grossier, traduisit Camille.

– Parce que tu parles le rat maintenant ? s'étonna Salim.

Camille soupira bruyamment.

– Nous allons voyager sans billets, décida-t-elle.

– Et si on nous contrôle ?

– On descend du train et on prend le prochain. Comme personne ne nous expulsera en marche, de gare en gare nous finirons bien par arriver à Paris.

Salim jugea préférable de ne pas insister. Ils se calèrent tant bien que mal contre le dossier du banc et somnolèrent, sans que personne ne leur demande quoi que ce soit.

L'aube était proche lorsqu'ils montèrent dans le train. Une fois installée dans le wagon, Camille s'endormit immédiatement.

Salim, lui, résistait au sommeil. Il avait envie de réfléchir un peu à ce qui lui arrivait, mais ses facultés intellectuelles étaient, elles, déjà assoupies. Il se contenta de contempler son amie avec le regard qu'il lui réservait quand elle ne savait pas qu'il l'observait.

Le chuchoteur sortit la tête de sa cachette et le dévisagea avant de réintégrer la poche. Salim sourit. Une telle créature aurait suffi à émerveiller n'importe qui pendant la moitié d'une vie, mais Camille et lui avaient vécu tant de choses en si peu de temps qu'elle lui paraissait seulement pittoresque.

Tout était calme dans le wagon. De nombreuses places étaient vides, la plupart des voyageurs sommeillaient. On n'entendait que le sifflement régulier du train ponctué par les staccatos des raccords entre les rails. De temps en temps, la porte de communication entre les wagons chuintait et un voyageur passait en vacillant. Salim se pelotonna contre le dossier de son fauteuil. Il ferma les yeux.

Ils ne surent jamais si un contrôleur était passé pendant qu'ils dormaient mais, quand ils se réveillèrent, le train approchait du terminus et le wagon grouillait de vie. Les voyageurs se levaient, attrapaient leurs sacs, défroissaient leurs vêtements.

Camille sourit à Salim.

– Je me sens sale et je suis aussi reposée que si j'avais dormi dans une essoreuse à salade.

– C'est à peu près ça, ma vieille, sauf que tu ne ressembles pas à une laitue. Par contre, je suis d'accord, tu es vraiment sale. Et pour être complètement honnête, je dois avouer que tu ne sens pas très bon non plus.

– Tu es parfait, Salim. J'avais oublié qu'en plus de tes innombrables qualités tu savais parler aux filles de manière aussi délicate.

Le garçon toussota, l'air soudain gêné.

– Regarde, dit-il, on arrive.

Le train avançait à petite vitesse. Par la fenêtre, ils virent d'innombrables rails s'entrecroiser en formant un indémêlable écheveau. Des immeubles gris et anonymes bordaient la voie ferrée. L'air du matin à peine naissant semblait déjà souillé par des vapeurs de pollution.

– C'est plutôt moche Paris, tu ne trouves pas ? demanda Salim.

– Paris, ce n'est pas seulement la gare de Lyon, rectifia Camille, mais pour l'instant je suis d'accord avec toi.

Malgré l'heure matinale, il y avait du monde sur les quais. La gare était en travaux et de nombreuses barrières protégeant les zones sensibles créaient des rétrécissements où les voyageurs se bousculaient.

Il leur fallut un bon moment pour gagner la rue.

– Et maintenant ? interrogea Salim.

– Nous allons dénicher un endroit où prendre un petit déjeuner. Nous achèterons ensuite un plan de Paris. Nous irons à l'École des beaux-arts, et nous trouverons mon frère. Ça te convient comme programme ?

– Au poil, ma vieille ! affirma Salim, surtout en ce qui concerne le petit déjeuner.

Ils se trouvaient sur un large trottoir devant la gare. Des gens pressés se croisaient dans tous les sens. Paris s'éveillait et la circulation devenait plus dense de minute en minute.

Camille entraîna son ami. Ils traversèrent une première avenue, puis une deuxième.

Ils étaient fatigués tous les deux, l'esprit encore embrumé par les quelques heures de sommeil prises dans le train.

Salim s'engagea sur la chaussée sans remarquer que le feu piétons était rouge et qu'une grosse Mercedes noire arrivait sur lui.

En une fraction de seconde, Camille comprit que le conducteur ne pourrait pas l'éviter. Elle se jeta dans l'Imagination.

Maître Duom aurait été fier d'elle. L'effet de son dessin fut radical. Il y eut une explosion et la voiture s'arrêta net, dans un bruit de ferraille strident, à un mètre de Salim.

Camille lui attrapa le bras.

– Viens, ordonna-t-elle, il faut courir à présent !

– Mais...

– Nous sommes en danger, Salim ! cracha-t-elle. Le mercenaire va rappliquer. Tu l'attends ou tu cours ?

La nouvelle agit sur lui comme un coup de pied aux fesses. Il détala, suivi par Camille. Ils tournèrent au coin de la première rue et foncèrent droit devant eux.

Le conducteur de la Mercedes sortit de son véhicule et, consterné, contempla son moteur noirci au travers du capot déchiqueté. Tout s'était passé très vite et il n'avait eu de Salim qu'une vision fugitive. Il se demandait même s'il n'avait pas rêvé le garçon. Les dommages à l'avant de sa voiture étaient, par contre, bien réels. Il saisit son téléphone portable et se préparait à passer un coup de fil lorsqu'une voix retentit dans son dos :

– Puis-je vous aider ?

Il se retourna.

L'homme qui s'adressait à lui avec amabilité était vêtu d'un costume gris de belle coupe et, au contraire des badauds indifférents, paraissait faire preuve de compassion.

– Je ne sais pas ce qui s'est passé, commença le conducteur de la Mercedes, j'ai cru voir un garçon se jeter sous mes roues et, soudain, il y a eu cette explosion... Il faudrait...

– Où est-il allé ? le coupa l'inconnu.

– Mais... je...

– Où ? répéta l'homme en gris, tout à coup menaçant.

– Je me fiche de ce garçon, s'emporta le conducteur, ma voiture... Mais... Que faites-vous ?

L'inconnu venait de le saisir au collet et le plaquait contre la portière. Il tenta de se dégager, mais le bras qui l'empoignait semblait d'acier. Il se sentit doucement soulevé, jusqu'à ce que ses pieds quittent le sol.

– Tu n'es guère poli, souffla l'inconnu d'une voix grave. Mais je n'ai pas le temps de parfaire ton éducation. Je cherche deux jeunes gens, de treize ou quatorze ans. Une fille, blonde, les cheveux longs, les yeux d'un violet remarquable, assez jolie et un garçon, noir, avec des tresses. Tu les as vus ?

Camille et Salim étaient loin.

Ils avaient couru un bon moment et étaient entrés dans un café.

Assis devant deux tasses de chocolat chaud et une panière de croissants, ils essayaient de se remettre de leurs émotions.

– Tu crois que ça a suffi pour qu'il te retrouve ? demanda Salim.

– J'en suis certaine.

– Qu'est-ce qu'on fait ?

– On continue comme on a décidé. Nous n'avons pas le choix.

Salim soupira et trempa son croissant dans son chocolat.

Ils avaient choisi un établissement discret. Des habitués entraient, commandaient un café qu'ils buvaient en jetant un coup d'œil sur le journal du matin posé sur le comptoir, sans un regard pour les deux adolescents assis près du juke-box silencieux.

– Il va nous tomber dessus, c'est inévitable, grogna Salim.

– Nous sommes à Paris, objecta Camille.

– Et alors ?

– Alors, il y a dans cette ville plus de deux millions d'habitants et presque dix millions si l'on considère l'agglomération. Autant chercher une aiguille dans une botte de paille. Il sait que nous sommes ici, mais il ne nous tient pas encore !

Un peu plus tard, ils achetèrent un plan de Paris dans un kiosque et s'assirent sur un banc pour l'examiner. L'École des beaux-arts se trouvait au cœur de Saint-Germain-des-Prés, presque en face du palais du Louvre. Ils se regardèrent, rassurés. Ils pouvaient y aller à pied.

Ils se mirent en route tranquillement. Camille, en se rapprochant de ce frère inconnu, se sentait partagée entre la hâte de le rencontrer enfin et la crainte d'être déçue. Elle se le représentait comme un mélange des gens importants qu'elle connaissait, mais se doutait qu'il serait totalement différent de ce qu'elle imaginait. De fait, l'apparence physique ne comptait pas, une seule question la préoccupait : accepterait-il de rejoindre Gwendalavir ?

Ils gagnèrent les bords de la Seine qu'ils longèrent avant d'arriver devant l'école. C'était une imposante et majestueuse bâtisse en U. Ils se tinrent un moment derrière la grille qui s'ouvrait sur une immense cour pavée. Camille regarda Salim, qui comprit le message.

– Courage, ma vieille, lança-t-il d'une voix forte. Après ce qu'on vient de vivre, ce n'est pas un portail en fer forgé qui va nous faire peur. À l'attaque !

Il la prit par la main et ils entrèrent dans la cour. Ils tentaient d'ouvrir la porte du bâtiment principal lorsqu'une voix retentit dans leur dos :

— Y a personne, les jeunes, c'est fermé !

Ils sursautèrent avant de se retourner, confus.

Un homme en salopette de travail, une boîte à outils à la main, les dévisageait affablement.

— Y a pas cours aujourd'hui, précisa-t-il. À cause des examens, j'crois. Si vous cherchez le secrétariat, c'est l'aut'porte.

— Fermé, répéta Camille. Oh non...

L'ouvrier parut surpris.

— Qu'est-ce que vous voulez ? leur demanda-t-il.

— Nous cherchons un étudiant, expliqua Salim. C'est important.

— Revenez demain. Tout l'monde sera là.

Camille domina sa déception et remercia l'homme. Elle entraîna Salim vers les quais de Seine et ils s'assirent sur un parapet.

— C'est vraiment pas de bol, soupira-t-elle. Juste quand on touchait au but... Il va falloir attendre demain.

Salim lui tapota l'épaule.

— Et pour dormir, on fait comment ?

8

– **U**n hôtel ? proposa Salim.

Ils avaient déambulé dans les rues sans vraiment prêter attention à ce qu'ils voyaient. La journée s'était écoulée au ralenti et, maintenant que la nuit était là, leur fatigue se faisait de plomb.

– Tu as déjà proposé ça mille fois ! Je te rappelle que notre argent a servi à nous acheter les deux sandwichs que nous venons de finir !

– Et si nous demandions l'hospitalité à quelqu'un ?

– Bonne idée, commenta Camille. Comme ça, on est sûrs de finir la nuit au poste de police et d'être mis dans le train de retour demain matin.

– Mais…

– Nous sommes mineurs, Salim, et nous sommes dans la vraie vie, pas dans un film ou dans un roman.

– D'accord, c'est toi le chef. Qu'est-ce que tu proposes ?

– Rien du tout. Je sais juste que j'ai mal aux pieds et affreusement sommeil.

Salim entraîna son amie dans un square et se laissa tomber avec elle sur un banc. Elle allongea ses jambes avec un soupir d'aise.

– Que ça fait du bien ! J'ai l'impression d'avoir marché toute la journée.

– Mais tu as marché toute la journée. Tu l'as déjà oublié ? Tu recommences à m'inquiéter.

– Salim, je suis crevée. Avec la meilleure volonté du monde, je n'arrive pas à te trouver drôle. Si on dormait ici ?

– Sur ce banc ?

– Pourquoi pas ? Nous avons dormi dans des auberges, à la belle étoile, à l'arrière d'un chariot, qu'est-ce qu'un banc a de plus surprenant ?

– C'est que... commença Salim.

– ... ce serait une foutue mauvaise idée ! acheva une voix dans leur dos.

Ils se retournèrent d'un bloc.

Un homme était allongé près d'un buisson juste derrière eux, enveloppé, malgré la chaleur, dans un long manteau gris.

– Et pourquoi donc ? répliqua Camille. Vous êtes bien installé pour la nuit, non ?

– Erreur demoiselle, rétorqua l'homme en se levant péniblement, erreur ! J'profitais de la tombée du soir dans un des rares coins de cette foutue ville où on peut encore entendre chanter un rossignol. Maintenant, j'me tire. J'ai pas envie de m'faire rafler par ces foutus condés.

Camille sourit malgré elle.

– C'est-à-dire ?

Le clochard s'approcha en se grattant le ventre sous son tricot. C'était un vieil homme mal rasé, au visage marqué par les excès et les épreuves. Il plissait les yeux, comme si sa vue était déficiente, et ses iris avaient un aspect laiteux.

– C'est-à-dire que, dans quelques foutues minutes, la police va débarquer dans ce foutu parc et embarquer tous ceux qui y traînent.

Salim se tourna vers son amie.

– Bravo pour ton idée de nuit à la belle étoile !

Camille ne lui accorda aucune attention. Elle s'adressa de nouveau au clochard :

– Excusez-moi si je suis indiscrète, mais vous allez dormir où ?

– J'ai une planquette, dit le clochard. Vous avez fugué ?

La question était directe ; la réponse de Camille le fut tout autant.

– Oui. Et on ne sait pas où dormir.

L'homme réfléchit un instant puis se décida.

– Si tu veux, proposa-t-il à Camille, on fait un marché. Je vous emmène dans ma planquette et, en échange, tu m'fais la lecture.

– La lecture ?

– Qu'est-ce que ça a de drôle, s'emporta-t-il, tu crois qu'il faut porter un costume trois-pièces et rouler en Rolls pour aimer les livres ?

– Non, pas du tout, affirma Camille. Je suis d'accord pour vous lire ce que vous voulez.

Le clochard dénuda trois chicots jaunis en guise de sourire.

– Alors on y va, ça va devenir malsain par ici.

– On va dans votre foutue planquette ? demanda Salim.

– C'est ça, mon gars, c'est ça. Et si tu te figures que, parce que j'ai été ratatiné par la vie bien avant ta naissance, tu as le droit de te fiche de moi, il se pourrait que je t'enseigne le respect et la générosité à coups de pied au cul… Compris ?

– Compris monsieur, fit Salim soudain confus.

Le clochard les guida hors du square. Ils empruntèrent une série de rues étroites et débouchèrent dans une impasse au fond de laquelle se dressaient de gros conteneurs à ordures.

– J'espère que ce n'est pas ça, sa planquette, murmura Salim.

Le vieil homme passa derrière les conteneurs. Il tâtonna un instant, puis souleva une plaque en métal.

– Les égouts ? s'étonna Camille.

– Non fillette, répondit l'homme en repoussant la plaque, les catacombes. Y a que trois mètres à descendre. Passez devant, je refermerai.

Une échelle métallique rouillée s'enfonçait dans l'obscurité. Comme Camille ne bougeait pas, Salim soupira.

– J'aurais dû m'en douter, maugréa-t-il. Le mollusque part en éclaireur dans les égouts… Camille, tu es sûre de toi ?

Elle se contenta de hausser les épaules.

– C'est bon, j'ai compris, poursuivit-il. J'y vais.

Il empoigna les premiers échelons et disparut dans le puits noir.

Très vite, sa voix retentit.

– Ça roule, ma vieille, je suis en bas et j'ai liquidé les rats, les serpents, les scorpions et même un alligator des marais. Tu peux descendre, c'est génial ici, sauf qu'on n'y voit rien.

Camille le rejoignit. Elle discernait à peine sa silhouette dans la maigre lueur qui arrivait d'en haut. Le clochard tira la plaque derrière lui et il fit totalement noir.

– N'ayez pas peur, les mioches, lança-t-il. Y a tout le confort voulu, ici. Regardez.

Il y eut un grattement et une allumette s'enflamma. Il l'approcha d'une lampe à pétrole et la scène s'éclaira.

Ils se trouvaient dans une salle d'environ cinq mètres de côté, entièrement taillée dans une roche percée de nombreuses niches. Une porte métallique, rouillée et impressionnante, se dressait sur le mur qui leur faisait face. Une paillasse était jetée dans un coin à côté d'une caisse de bois. Des boîtes de conserve vides et des bouteilles, vides elles aussi, jonchaient le sol. Contre toute attente, l'endroit diffusait une véritable chaleur humaine.

– Voilà ma planquette, annonça l'homme avec une certaine fierté.

– Nous sommes vraiment dans les catacombes ? demanda Salim.

– Pour sûr, mon gars. Les vraies de vraies s'trouvent plutôt sous le XIVe, mais ces souterrains leur ressemblent vachement. Y en a des kilomètres sous Paris. Souvent, ce sont des galeries, mais parfois on trouve des salles comme celle-ci.

– Et l'entrée là-haut ?

– Va savoir, mon gars, va savoir. Les catacombes correspondent souvent avec le réseau des égouts. C'était peut-être une plaque de visite, fut un temps.

– Et la porte en fer ?

– Elle doit s'ouvrir sur un labyrinthe de galeries, mais j'ai pas la clef. C'est aussi bien. Comme ça, je suis tranquille dans ma planquette. Dis-moi, p'tit gars, tu poses toujours autant de questions ou t'es malade ?

Camille s'était approchée de la paillasse qu'elle contemplait avec convoitise malgré son état de vétusté. Elle jeta un coup d'œil sur la caisse de bois qui était ouverte. Elle était pleine de livres.

Le clochard se tourna vers elle.

– Ça, c'est mon trésor. Les plus beaux livres du monde.

Il haussa les épaules avant de poursuivre :

– Mais je ne peux pas en profiter.

– Vous ne savez pas lire ? hasarda Salim.

L'homme lui jeta un regard courroucé.

– J'ai lu plus de livres que tu n'en verras de toute ta vie, morveux. J'aurais aimé continuer jusqu'à ma mort, mais mes yeux n'ont pas été d'accord. J'arrive encore à voir de loin, mais pour ce qui est de lire…

Sa voix se brisa et, pour lui donner le temps de se reprendre, Camille prit un livre dans la malle. Elle en lut le titre, *La Condition humaine*.

– J'ai aimé celui-ci, dit-elle, même si je n'ai peut-être pas tout compris.

Il la contempla, émerveillé.

– Tu as lu Malraux, à ton âge ?

– C'est un phénomène cette fille, expliqua Salim en se rengorgeant. Si c'était une poule, son premier œuf serait l'*Encyclopædia Universalis*.

Camille leva les yeux au ciel.

– De mieux en mieux, Salim. On peut difficilement faire plus délicat que comparer une fille à une poule.

Le clochard s'était approché de la caisse.

– Regarde un peu, fillette, si tu peux me trouver *L'Art d'être grand-père* de Victor Hugo. Lis-m'en quelques pages et je m'estimerai le plus heureux des hommes.

Camille farfouilla un moment et finit par dénicher l'ouvrage. Elle s'assit sur la paillasse et le vieil homme prit place à côté d'elle.

Elle ouvrit le livre avec un étrange sentiment. Un souvenir oublié gagnait lentement la surface de son esprit. Elle se revoyait toute petite, confortablement installée sous un édredon de plumes. À côté d'elle, une jeune femme lui lisait une histoire merveilleuse d'une voix douce en la regardant avec tant d'affection que...

Le chuchoteur, dans sa poche, poussa un petit cri et bondit sur ses genoux. Il tremblait.

– C'est quoi c'te bestiole, demanda l'homme, un rat ?

– Non monsieur, ce serait plutôt une sorte d'écureuil nain.

– Ah bon. T'es prête ?

Sous les caresses de Camille, le chuchoteur s'était calmé. Elle commença sa lecture. Elle n'avait jamais vraiment apprécié Victor Hugo, mais elle adorait lire et, par reconnaissance pour leur hôte, elle y mit tout son cœur.

Quand elle eut terminé, de grosses larmes coulaient sur les joues ridées du clochard. Il les essuya du revers de la main et se tourna vers elle.

– Tu ne peux pas savoir ce que tu viens de m'offrir.

– Que...

– Non, ne dis rien, ne demande rien. Nos vies se sont croisées ce soir et, grâce à toi, j'ai pu revenir loin en arrière, vers des jours meilleurs. En dire plus serait une erreur. Je ne sais pas qui tu es, tu ne sais pas qui j'étais, c'est bien ainsi. Vous allez dormir, retrouver les forces dont vous avez besoin et demain, nos routes se sépareront.

Il se leva brusquement et attrapa une vieille couverture qu'il jeta par terre.

– Je vous laisse la paillasse. Ce n'est pas terrible, mais vous y serez mieux que sur le banc. En principe, il ne devrait pas y avoir de puces. Je n'éteindrai pas la lampe cette nuit. Dormir dans le vrai noir, quand on n'en a pas l'habitude, ça peut être effrayant.

Il s'approcha de la lampe à pétrole, baissa la flamme jusqu'à ce qu'elle ne diffuse plus qu'une frêle lueur, puis il s'allongea sur la couverture.

– Bonne nuit, les mioches. Si je ronfle, n'hésitez pas à me secouer, ça devrait m'arrêter.

– Bonne nuit, répondit Camille en s'allongeant à son tour, imitée par Salim.

9

Camille se réveilla en sursaut. Pendant un court instant elle ne sut pas où elle était, puis elle se souvint et les battements de son cœur s'apaisèrent. Elle consulta sa montre. Il était sept heures du matin. Salim et le clochard dormaient profondément. Le chuchoteur remua contre son cou. Elle le caressa doucement, jusqu'à ce qu'il ronronne.

Elle pensait à ce qu'elle venait de vivre, à tous ces gens aux destins complexes qui se croisaient sans jamais se rencontrer, à l'injustice et à la force de la combattre. La vie et le destin du vieil homme qui les avait accueillis l'attristaient particulièrement. Il aurait tellement souhaité continuer à lire...

Le ronronnement du chuchoteur changea de ton et un petit dessin naquit, semblable à celui qu'avait créé le message de maître Duom. Les mots surgirent dans son esprit.

— Je crois que tu peux y arriver. Il faudra faire vite car l'autre ne tardera pas, mais c'est possible. Je m'occuperai de la porte. Ton hôte – il s'appelle Paul

Verran – sera en sécurité dans les catacombes et tu t'enfuiras par la trappe avec Salim.

Camille frissonna avant de sourire largement.

La voix appartenait à la jeune femme qui, dans son souvenir, lui lisait l'histoire merveilleuse.

La voix de sa mère.

Elle s'assit sur la paillasse en secouant Salim.

– Réveille-toi, on s'en va.

– Quoi ?

– On s'en va.

– Mais on vient juste de fermer l'œil, protesta Salim.

– Non, c'est le matin.

– Mais...

– Je vais dessiner, Salim, et le Mentaï se pointera dans les secondes qui suivront. Il vaut mieux que nous soyons prêts !

Le clochard s'assit à son tour. Il tendit le bras et monta la flamme de la lampe.

– Que se passe-t-il, les mioches ? Le noir vous empêche de dormir ?

Camille le regarda gravement.

– Non, monsieur Verran.

– Comment connais-tu mon nom ?

– Ce serait trop long à raconter et nous n'avons pas le temps.

– Bon sang, petite, qu'est-ce que tu racontes ?

– Rien d'important. Maintenant écoutez-moi bien. Nous allons partir et vous ne nous reverrez jamais. Mais avant, il va se passer quelque chose d'étrange qu'il ne faudra pas chercher à comprendre. La porte métallique va s'ouvrir et vous

vous enfuirez sans vous retourner, sans attendre, quoi qu'il se soit passé. Vous ne reviendrez que dans trois jours, il y va de votre vie.

– Mais...

– S'il vous plaît, monsieur Verran, ne posez pas de questions. Faites ce que je vous dis.

Le vieil homme la fixa longuement, en plissant les paupières. Finalement, il haussa les épaules.

– Comme tu veux, gamine. Si cette porte s'ouvre, je te promets de m'enfuir sans me retourner quoi qu'il se soit passé. Ça te va ?

Camille hocha la tête et se tourna vers son ami.

– Salim, tu montes à l'échelle, tu ouvres la plaque et tu m'attends en haut. D'accord ?

– Alors ça, pas question, s'insurgea le garçon, n'imagine pas que tu peux me faire faire n'importe quoi.

– Salim...

– D'accord, capitula-t-il. Je ne suis qu'un mollusque, je ne vois pas pourquoi j'essaie à tout prix de réfléchir. Tu ne veux plus dormir, parfait, je n'ai plus sommeil. Tu veux sortir, ça tombe bien, moi aussi. Je t'attends là-haut, mais tu as intérêt à te dépêcher.

Il empoigna l'échelle, grimpa jusqu'à la plaque sans voir le regard affectueux que Camille posait sur lui, et qui lui aurait sans doute permis de voler directement jusqu'à la sortie.

Camille attrapa le chuchoteur qui était resté sur la paillasse et caressa ses oreilles avant de le déposer près de la porte métallique.

– Ce n'est quand même pas ta bestiole qui va défoncer ce bloc d'acier, s'étonna le clochard.

En guise de réponse, Camille se concentra.

Elle savait qu'il lui fallait agir très vite, mais cela ne l'effrayait pas. Sa mère était vivante et la soutenait. Elle se sentait invulnérable.

Le dessin naquit, couleurs chatoyantes et formes arrondies. Avant qu'une réalité ne se soit figée, Camille modela sa création, la forçant à intégrer un corps réel au lieu d'en devenir un nouveau. Les couleurs environnèrent Paul Verran sans qu'il s'en rende compte, les formes jaillies de l'esprit de Camille le pénétrèrent, se lièrent à ses nerfs optiques, à ses pupilles, à ses iris, avant de basculer dans la réalité.

Il ouvrit de grands yeux émerveillés.

– Je vois, cria-t-il, je vois !

Le verrou de la porte métallique cliqueta et le battant s'ouvrit sur une galerie sombre.

– Il faut tenir votre promesse maintenant, lui rappela doucement Camille, partez sans attendre.

Il la contempla une seconde comme pour graver son image dans son esprit, puis il saisit la lampe à pétrole et s'enfonça dans l'obscurité. Camille attrapa le chuchoteur, le fourra dans sa poche et empoigna l'échelle.

Quand le mercenaire du Chaos arriva dans la salle, elle était vide. Aucune piste ne s'offrait à lui. De rage, il donna un violent coup de pied dans une caisse de bois, faisant tomber un livre dont il lut machinalement le titre, *L'Art d'être grand-père*.

Il ne comprit pas.

10

Il était dix heures quand Camille et Salim pénétrèrent dans la cour d'honneur de l'École des beaux-arts. L'état de leurs finances ne leur avait pas permis de prendre un petit déjeuner et leurs ventres grognaient, sans qu'ils y prêtent attention. Ils s'attendaient à être interpellés par un surveillant ou un professeur, mais ils parvinrent sans encombre à la salle Stratis Andreadis.

Une douzaine d'étudiants étaient plongés dans des encyclopédies d'art, des catalogues illustrés ou utilisaient des ordinateurs dernier cri. Impressionnés par la magnificence de la pièce, ils restèrent un instant sur le seuil, n'osant pas s'avancer.

Une étudiante blonde qui arrivait derrière eux leur demanda :

— Je peux vous aider ?

— Je crois que oui, admit Camille. Nous cherchons quelqu'un, un étudiant, certainement en deuxième année. Il s'appelle Mathieu Boulanger.

— Mathieu ? Je le connais bien. Nous travaillons

souvent ensemble. Il est inscrit à l'atelier multimédia. Il doit réviser ses examens dans une des salles informatiques.

– Le problème, expliqua Camille, c'est que nous ne l'avons jamais vu et j'ai peur de passer à côté de lui sans le reconnaître.

La jeune fille eut l'air surprise, pourtant elle s'abstint de tout commentaire.

– Tu ne peux pas le rater, la rassura-t-elle. C'est certainement le plus beau garçon de l'école. Grand, bien bâti, des cheveux châtain clair et des yeux d'une couleur incroyable.

Elle regarda Camille avec attention et ajouta :

– Du même violet que les tiens, en fait. Vous êtes parents ?

– C'est un cousin éloigné, mentit Camille, et je profite d'un voyage à Paris pour faire sa connaissance.

– Dans ce cas, bonne chance. Les salles informatiques sont à l'étage au-dessus. Mathieu doit se trouver dans la première à gauche.

Camille remercia l'étudiante et, en trépignant d'impatience, s'engagea dans les escaliers.

– Calme-toi, lui conseilla Salim. Ça m'étonnerait que ce Mathieu ait envie d'être le frère d'un ressort.

– Il ne s'appelle pas Mathieu, mais Akiro.

– C'est ça ! commenta le garçon. Et la dernière fois que je t'ai appelée Ewilan, tu as failli m'étrangler.

– Ce n'est pas pareil.

Salim ne répondit pas, mais sa grimace en disait long sur le fond de sa pensée.

La salle informatique était une immense pièce blanche où trônaient de nombreux ordinateurs. Plusieurs blocs de climatisation rafraîchissaient l'air et les étudiants qui travaillaient là étaient davantage couverts que les autres. Camille se posta à l'entrée de la salle et les observa les uns après les autres. Aucun ne correspondait à la description faite par l'étudiante.

Elle s'avança de quelques pas et son cœur bondit dans sa poitrine.

Son frère était là, penché sur un clavier d'ordinateur, levant parfois les yeux sur l'écran, intensément concentré. C'était en effet un garçon séduisant.

Comme dans un rêve, Camille se dirigea vers lui.

Elle s'arrêta à ses côtés sans qu'il ait paru remarquer sa présence. Toute son attention allait aux courbes colorées qu'il générait sur son écran.

– Mathieu, souffla-t-elle.

Il ne bougea pas.

– Mathieu ! insista-t-elle.

Il tourna la tête, visiblement contrarié d'être dérangé.

– Quoi ? Qu'est-ce qu'il y a ?

Sa voix était sèche, désagréable et Camille sentit un frisson lui parcourir le dos. Elle s'obligea à rester impassible.

– Il faut absolument que je te parle.

– Et moi, il faut absolument que je finisse ce travail. Je ne pourrai jamais le boucler si je suis dérangé toutes les cinq minutes.

À peine eut-il craché ces mots qu'il se replongea dans sa tâche.

La phrase avait agi comme une gifle. Camille recula, pâlit. Elle jeta un regard catastrophé à Salim qui se tenait en retrait, feignant de s'intéresser à une grosse imprimante laser, puis se retourna vers son frère.

– Mathieu, c'est important, très important.

En poussant un soupir excédé, Mathieu leva les yeux vers elle.

– Qui es-tu d'abord et qu'est-ce que tu me veux ?

– Je m'appelle Camille Duciel. Je suis là pour te parler de tes parents, tes vrais parents.

Il la dévisagea un long moment sans rien dire.

– C'est quoi encore ces histoires ? lança-t-il finalement.

– Ce ne sont pas des histoires, c'est la vérité, insista Camille. Est-ce que tu peux te libérer dix minutes pour que nous en discutions ?

Elle avait parlé calmement, pourtant son cœur battait la chamade.

– C'est bon, acquiesça Mathieu, mais pas maintenant. Je dois prendre des photos d'un vieil immeuble en cours de rénovation juste derrière le quai Malaquais et j'ai l'autorisation d'y entrer pendant la pause des ouvriers. Rejoins-moi là-bas vers midi et demi. Tu ne peux pas le rater, sa façade est couverte d'échafaudages. Je serai à l'intérieur.

– D'accord, murmura Camille, mais Mathieu ne la regardait déjà plus.

Elle se détourna et rejoignit Salim.

– Alors ? s'enquit le garçon.

Elle fit la moue, puis répondit :

– Alors j'ai peur d'avoir tiré au sort l'imbécile le plus prétentieux de l'École des beaux-arts. On s'en va !

En passant devant la salle Andreadis, ils tombèrent nez à nez avec la jeune étudiante qui les avait renseignés.

– Vous avez trouvé Mathieu ? demanda-t-elle.

– Oui, répliqua Camille sans essayer de masquer sa déception, et je crains d'avoir perdu mon temps.

– Il t'a envoyée promener ? traduisit la jeune fille. Ce n'est pas étonnant. Les examens commencent la semaine prochaine et nous sommes tous sur les nerfs. En plus, Mathieu et moi devons rendre un dossier sur un sujet barbare qui traite de l'impact du changement de matière sur la perception que l'homme a de son milieu. Mathieu est tellement tendu que je redoute parfois qu'on ne réussisse pas à boucler le boulot à temps. Ce n'était pas le bon moment pour faire connaissance avec lui.

Camille eut un sourire amer.

– Ça n'excuse pas tout… marmonna-t-elle avec un sourire amer.

– Pas tout, mais beaucoup. Ne lui en veux pas trop.

Un peu plus tard, Camille et Salim partaient en reconnaissance du côté du quai Malaquais.

Ils n'eurent aucune difficulté à trouver l'immeuble dont avait parlé Mathieu. C'était un beau bâtiment, comportant une cour intérieure et s'élevant sur quatre étages. Des ouvriers protégés par des filets travaillaient sur sa façade, tandis que d'autres œuvraient à l'intérieur.

Ils marchèrent un peu pour oublier qu'ils mouraient de faim. Ils passèrent un moment à regarder les vieux livres proposés par les bouquinistes, mais Camille ne se détendit pas. La rencontre avec son frère l'avait perturbée et elle la raconta, pour la dixième fois, à Salim.

– Peut-être est-il vraiment stressé par ses examens, suggéra son ami.

Camille se contenta de sourire tristement.

– Et puis en fait, continua Salim, on s'en fiche. Tout à l'heure, tu l'expédieras en Gwendalavir. Une fois là-bas, il n'aura qu'à faire son cinéma à Edwin ou à Bjorn. Je suis sûr qu'ils sauront lui expliquer la vie.

– Salim, tu dis n'importe quoi.

– Encore ? J'avais pourtant l'impression d'être plutôt malin sur ce coup-là.

– Tu ne crois tout de même pas que je vais envoyer Mathieu en Gwendalavir sans son accord ?

– Pourquoi pas ?

– Parce qu'il est hors de question que je fasse une chose pareille. Je dois le convaincre de s'y rendre volontairement.

– Mais tu pourrais le faire ?

– Oui.

– Alors, n'hésite pas, il te…

– Non Salim ! Je ne le ferai pas ! Inutile d'insister !

Le garçon leva les bras au ciel en soupirant.

– Pas de problème. Tu fais comme tu veux, comme d'habitude depuis des années et certainement pour les siècles à venir.

– Salim, le menaça Camille, si tu fais ta mauvaise tête… Ça alors, regarde !

Elle désignait l'étalage d'un marchand de journaux. À la une d'un quotidien, leurs noms apparaissaient en grosses lettres, suivis d'un titre évocateur : « Deuxième kidnapping ! »

D'un commun accord, ils se dirigèrent vers le kiosque et Salim saisit un journal, malgré les regards courroucés du vendeur.

Le journaliste évoquait le mystère qui entourait leur disparition et signalait la blessure, heureusement sans gravité, de M. Duciel. Il expliquait que de très importants moyens policiers avaient été mis en œuvre et que les responsables de cet enlèvement, bien qu'encore inconnus, ne tarderaient pas à être capturés.

Salim poussa un juron.

– Le retour promet d'être folklorique, commenta-t-il.

Camille se contenta de soupirer. La vie avec ses parents adoptifs allait devenir insupportable.

Elle regarda sa montre.

– En route. Il est midi, et je ne voudrais pas faire attendre monsieur Bonnes Manières.

11

La grille de l'immeuble était entrebâillée et ils se faufilèrent dans la cour.

– Il aurait pu nous attendre ici, maugréa Camille.

Comme celles donnant sur la rue, les façades intérieures étaient cachées par des échafaudages montant jusqu'au toit et de longs filets de protection verts. Camille avisa une porte grande ouverte, au rez-de-chaussée du bâtiment principal. Elle donnait sur un hall, au sol jonché de gravats et aux murs décrépis. Il leur sembla entendre du bruit au premier étage et Camille appela :

– Mathieu ! Mathieu !

Comme personne ne répondait, elle se tourna vers Salim qui haussa les épaules.

– Je suppose qu'il va falloir explorer tout l'immeuble si nous voulons le trouver, dit-il.

– Cet endroit me donne des frissons, indiqua Camille. On dirait le décor d'un mauvais film d'horreur.

– Je vois le genre, renchérit Salim, quelque chose comme *La terrible nuit du crustacé sanguinaire*.

– Ce n'est pas drôle.

– Bien chef ! On y va ?

Ils empruntèrent un colossal escalier de pierre jusqu'au premier étage. Le palier s'ouvrait sur une pièce aux dimensions d'une salle de bal. Le sol était recouvert d'un parquet en mauvais état, le plafond, étayé par de grosses poutres, semblait prêt à s'affaisser et les fresques peintes sur les murs s'écaillaient. L'ensemble offrait toutefois une incontestable impression de magnificence.

Au fond de la salle, Mathieu photographiait un pan de mur.

– Tu ne crois pas qu'il aurait pu nous répondre ? remarqua Salim.

Camille, sans un mot, traversa la pièce en direction de son frère. Lorsqu'elle arriva à sa hauteur, il se tourna vers elle avec un air agacé.

– Ah, c'est vrai, dit-il, je t'avais oubliée, toi.

– Et je suppose que tu ne m'as pas entendu t'appeler.

– Mes examens approchent, rétorqua-t-il. J'ai énormément de boulot, alors, s'il te plaît, dis ce que tu as à me dire et ne me fais pas la leçon.

Salim, qui s'était approché, sentit Camille se tendre. Il la savait proche de l'explosion. Il fut donc surpris lorsqu'elle déclara d'une voix posée :

– Bien. J'avais prévu plusieurs manières d'aborder le sujet avec toi, mais, vu ton comportement, je vais être directe et concise. Ça te va ?

Mathieu soupira en regardant sa montre tandis que Camille continuait sans se démonter :

– Tu es un enfant adopté, tu dois le savoir. J'ai toutes les raisons de croire que je suis ta sœur, même si cela ne m'enchante pas. Je sais qui sont nos véritables parents, et je suis là pour t'en parler.

Mathieu qui, depuis leur arrivée, affichait son agacement se figea soudain et la regarda, abasourdi. Les mots de Camille avaient percé le mur d'arrogance derrière lequel il s'abritait. Il voulut parler, mais elle ne lui en laissa pas le temps.

– Si tu es bien celui que je crois, tu dois avoir un trou dans tes souvenirs. Impossible de te rappeler ce que tu as vécu avant tes onze ans. Je me trompe ?

Mathieu acquiesça de la tête.

– Maintenant écoute-moi attentivement. Nous sommes originaires d'un univers parallèle. Nos parents nous ont mis en sécurité dans ce monde-ci, malheureusement ils n'ont pas pu venir nous rechercher. Je suis passée de l'autre côté sans le faire exprès, et c'est ainsi que j'ai appris la vérité.

Mathieu se détourna. Sans hâte, il rangea son appareil photo dans un sac posé à ses pieds avant de se perdre dans la contemplation de la fresque murale. En quelques phrases, cette fille qui se prétendait sa sœur avait fait voler en éclats ses certitudes. Recoller les morceaux de son assurance brisée était essentiel pour son équilibre. Il se tint immobile un long moment, que Camille mit à profit pour calmer les battements de son cœur. Quand enfin il lui fit face, elle était apaisée, mais lui maîtrisait à grand-peine sa nervosité.

– Je ne sais pas comment tu as appris toutes ces choses sur moi, lança-t-il d'une voix hésitante, et j'ignore quel est ton but, mais je ne peux pas croire à ton histoire. Je ne suis pas ton frère et ton univers de science-fiction n'existe pas.

Il fit mine de ramasser son sac. Salim se prépara à intervenir. Ils avaient franchi trop d'obstacles pour que ça finisse ainsi. Camille le devança.

De ferme, sa voix était devenue dure et tranchante.

– Tu ne t'en tireras pas comme ça ! Que tu le veuilles ou non, ce que je t'ai dit est vrai et des gens ont besoin de toi. Il y a des vérités qu'il est impossible de fuir !

Mathieu se tourna vers elle, des sentiments contradictoires se disputant les traits de son visage.

– Te rends-tu compte de ce que tu me demandes ? articula-t-il. J'ai été adopté, c'est vrai, et longtemps j'ai rêvé que je retrouvais ma famille, mais comment veux-tu que je croie ce que tu me racontes ? C'est totalement inimaginable !

Camille ferma les yeux. Elle ne pouvait pas en vouloir à son frère d'être incrédule, il fallait pourtant le convaincre.

– Qu'est-ce que c'est ? reprit-il d'une voix étonnée. Un rat ?

Il désignait du doigt la poche de Camille et le chuchoteur qui le fixait avec attention.

– Ce n'est pas un… commença Camille.

Puis elle se tut.

Le dessin véhiculé par le petit animal était en train de naître. Elle se prépara à recevoir le message, mais, cette fois, il ne lui était pas adressé et elle ne perçut rien.

Mathieu, en revanche, sursauta. Il tourna la tête pour découvrir l'origine des paroles qu'il entendait tout à coup, et ses yeux s'écarquillèrent lorsqu'il prit conscience qu'elles se déversaient directement dans son esprit. Camille savait ce qu'il ressentait. Pour Mathieu qui n'avait pas admis la réalité de Gwendalavir, ce devait être vraiment incroyable. Lorsque le dessin eut disparu, il resta un long moment, bouche bée, avant de balbutier :

– Qu'est-ce que… ?

– Notre mère, je pense, indiqua Camille. Tu es prêt à m'écouter maintenant ?

Il hocha la tête et s'assit par terre. L'expérience l'avait secoué.

Une heure plus tard, Camille achevait son histoire sans que Mathieu l'ait interrompue une seule fois. Elle avait tout raconté, omettant simplement les passages qu'elle ne considérait pas comme essentiels. Quand elle eut fini, le visage de son frère était pâle, presque livide.

– Je suis incapable de faire ce que tu attends de moi, dit-il finalement. Je ne peux pas libérer ces prisonniers…

Sa voix avait changé. La suffisance qui la caractérisait un peu plus tôt avait cédé la place à des vacillements qui traduisaient son incertitude. Camille lui sourit.

– J'ai peur que tu n'aies pas le choix.

Mathieu passa la main dans ses cheveux.

– J'ai toujours su que j'avais ce don, admit-il. Je m'en suis servi à de nombreuses reprises et aujourd'hui, c'est vrai, je le domine entièrement. Mais je ne vois pas à quoi il pourrait servir dans l'univers dont tu parles. Modifier les couleurs n'a qu'un intérêt limité dans une guerre, non ?

Camille le regarda bizarrement.

– Modifier les couleurs ? Que veux-tu dire ?

– Je croyais que tu savais… Je change les couleurs des peintures.

– C'est tout ? Écoute, c'est vraiment important. Quand je te parle du don, j'entends la possibilité de faire basculer dans la réalité tout ce que tu imagines. C'est bien ça ?

Mathieu se leva d'un bond. Il paraissait excité et soulagé à la fois. Heureux de parler de ce qu'il avait toujours tu, et rassuré à l'idée qu'il ne serait peut-être pas obligé de partir.

– Mais je ne fais rien basculer du tout, dit-il en criant presque. Je transforme simplement les couleurs. Regarde.

– Non ! hurla Camille.

Il était trop tard.

Déjà le dessin naissait. Sur la fresque murale, les couleurs passées retrouvèrent le brillant du neuf, les dégradés s'affinèrent, de nouvelles teintes naquirent. L'effet était saisissant, mais témoignait d'un pouvoir étroit, limité à une infime partie de l'Imagination. Mathieu n'était pas un vrai dessinateur !

Il se tourna pourtant, triomphant, vers elle.

– Tu vois ? C'est génial non ?

Camille ne l'écoutait pas. Tous ses sens en éveil, elle guettait l'émergence d'un dessin beaucoup plus redoutable. Quand le Mentaï apparut à l'autre bout de la salle, elle se tenait prête et passa immédiatement à l'action.

Une cage brillante apparut au-dessus de l'homme en costume gris. Il eut un sourire moqueur et, avant que les barreaux ne l'enferment, il ligatura la cage au plafond à l'aide d'une centaine de filins d'acier.

Il fit ensuite un geste et une boule de feu naquit au bout de ses doigts avant de filer comme une flèche, droit sur Camille.

La parade s'imposa d'elle-même. Une vague, née de l'imagination de Camille, jaillit du plancher et avala la boule de feu avant de disparaître. Une nouvelle sphère enflammée fusa, suivie d'une dizaine d'autres. À chaque fois, un mur d'eau se dressa pour les éteindre.

Mathieu, pétrifié par la stupeur, contemplait la scène sans bouger, tandis que Salim cherchait désespérément une solution des yeux. Camille, elle, était calme, presque détendue. Des ondes de confiance émanaient du chuchoteur blotti dans sa poche et renforçaient sa sérénité.

Soudain, le mercenaire arrêta ses tirs. Il venait de prendre conscience de la présence des garçons. Ils étaient le point faible de sa proie, elle ne les abandonnerait jamais. Il avait gagné.

Il dessina son arme favorite et, quand la longue lame serpentine apparut dans sa main, un frisson de plaisir le parcourut. La mise à mort constituait toujours le moment le plus intense de la traque.

Il s'élança vers ses victimes.

En une fraction de seconde, une dizaine de stratagèmes défilèrent dans l'esprit de Camille, mais ce furent les mots prononcés par la jeune étudiante, le matin même, qui s'imposèrent.

« ... un sujet barbare qui traite de l'impact du changement de matière sur la perception que l'homme a de son milieu. »

Camille sourit.

Un voile de soie se matérialisa devant le mercenaire.

Sans ralentir, il le déchiqueta de son épée.

Il se trouva face à une tenture de satin, à laquelle il fit subir le même sort.

Velours.

Coton.

Laine.

Dentelle.

Velours.

À chaque pas, le mercenaire frappait comme un forcené, exaspéré d'être ralenti par ces ruses de fillette.

Soie.

Coton.

Acier.

Le sabre tinta avant de se briser en trois morceaux, dont l'un lui entailla profondément la cuisse.

Le mercenaire se figea. Le choc avait été atroce et son bras, cassé en plusieurs endroits, ne lui servait plus à rien.

La tenture d'acier qui l'avait piégé disparut. Sa proie se tenait devant lui à quelques mètres, droite et souriante.

Il eut un rictus.

Il était Mentaï, il pouvait tuer n'importe qui à main nue en un dixième de seconde, cependant il allait prendre tout son temps pour elle. Elle se mit à dessiner, mais il était sur ses gardes. Il créa un souffle de vent qui fit voler au loin les balles qu'elle lançait vers lui et évita sans difficulté les trois boules de fonte dissimulées parmi les balles en caoutchouc.

– Tu ne m'auras pas deux fois, railla-t-il en faisant un pas en avant.

Il lui sembla entendre la fille murmurer. Il tendit l'oreille.

– Impact, matière.

Un gros cube de carton naquit devant lui. Il l'écarta du pied, surpris qu'il ne dissimule pas de piège. Un autre bloc, de mousse cette fois, apparut juste au-dessus de sa tête. Il leva son bras valide pour le repousser et perçut trop tard le deuxième dessin.

Ce n'était plus de la mousse qui le surplombait, c'était un bloc de béton de plusieurs tonnes !

Le mercenaire traversa le plancher, brisé comme s'il avait été de paille et, dans un fracas énorme, la masse de béton, en s'écrasant contre la pierre du sol, le réduisit à néant.

Camille s'assit lourdement et prit sa tête entre ses mains.

– Camille ! cria Salim en se précipitant vers elle.

Elle le regarda en grimaçant.

– Tu as déjà entendu parler de l'impact du changement de matière sur les mercenaires du Chaos ?

Salim la prit dans ses bras et la serra de toutes ses forces.

– Tu es merveilleuse, je...

– Je ?

– Je... je... je le pense vraiment.

Il se redressa et, pour cacher sa gêne, se tourna vers Mathieu qui s'était approché. Contrecoup du combat auquel il avait assisté, le jeune homme tremblait comme une feuille.

– Tu es blessée ? s'inquiéta-t-il.

– Non, ça va, le rassura-t-elle en se levant.

Mathieu jeta un regard autour de lui.

– Il y a encore des risques ? Je veux dire... que... qu'un autre apparaisse ?

– Je ne crois pas, indiqua-t-elle, mais nous ferions bien de ne pas nous attarder ici. Le vacarme risque d'attirer du monde et je n'ai pas envie d'expliquer ce que fait ce bloc de béton au rez-de-chaussée.

Mathieu expira longuement. L'image du Mentaï le poursuivait, le trou béant dans le sol attirait irrésistiblement son regard, ses pensées s'égaraient... Il lui fallait se secouer.

– Suivez-moi, proposa-t-il. Nous avons besoin de boire un coup après ça, et nous devons parler.

12

Ils se retrouvèrent bientôt attablés à la terrasse d'un café. Mathieu avait commandé des boissons et des sandwichs qu'ils attaquèrent avec entrain. Ce qu'ils venaient de vivre avait transformé leur relation. Ils étaient liés par le moment intense qu'ils avaient partagé mais, encore abasourdis, avaient du mal à en parler.

– Je ne partirai pas avec vous, annonça finalement Mathieu.

– On t'a dit que tu n'avais pas le choix, intervint Salim du tac au tac.

Camille le fit taire en posant une main sur son bras.

– Pourquoi ? demanda-t-elle simplement.

– Parce que je ne suis pas celui que tu pensais trouver, expliqua Mathieu. Le don que je possède, et qui me paraissait hier si formidable, n'est rien à côté de ton pouvoir. Je suis incapable de sauver qui que ce soit.

Il laissa s'écouler quelques secondes avant de continuer :

– J'ai peur aussi. L'inconnu ne m'attire pas, au contraire. Je suis bien ici, je fais des choses formidables. Je ne veux pas m'exiler.

– Et nos parents ? insista Camille en plantant ses yeux dans les siens. Tu n'as pas envie de les retrouver ?

Il hésita et inspira longuement avant de répondre.

– J'ai des parents. Un père et une mère qui m'ont accueilli et me chérissent comme leur propre fils, alors que ceux dont tu parles sont des inconnus, peut-être morts depuis des années. Ce que tu me proposes, et je suis désolé si cela te blesse, ressemble à la poursuite d'une chimère.

– Pourtant tu as reçu le message du chuchoteur ! le pressa Camille.

Le visage de Mathieu se teinta de compassion.

– Ce n'est qu'un animal, objecta-t-il d'une voix douce. Doté de pouvoirs psychiques sans doute, mais pour le reste guère différent d'une souris. Tu ne peux tout de même pas te fier aux dires d'un rongeur !

Camille accusa le coup. Elle était intimement convaincue que leurs parents étaient vivants. Leur mère lui avait parlé et, à travers chacun de ses mots, elle avait senti la présence de leur père. Elle en était convaincue, même si elle ne parvenait pas à en persuader Mathieu. Il était heureux, lui, et cela faisait toute la différence entre eux. Elle ferma son esprit au chagrin qui pointait son nez. Elle pleurerait plus tard ce frère à peine entrevu, pour l'instant elle avait des amis à secourir. Elle se leva.

– Que fais-tu ? s'étonna Mathieu.

– Je m'en vais. Je n'ai plus rien à faire ici, et parler plus longtemps avec toi rendrait notre séparation trop douloureuse. Je préfère ne pas te connaître davantage puisque nous ne nous reverrons certainement jamais. Je te souhaite beaucoup de bonheur... mon frère.

Mathieu sursauta. Tout se déroulait trop vite. Il ouvrit la bouche pour la rappeler, pour se justifier, mais elle lui avait déjà tourné le dos et s'éloignait. Salim se leva à la hâte. Il contempla Mathieu, effondré sur sa chaise.

– Pas sûr que ce soit le bon choix, vieux ! lança-t-il. C'est vraiment chouette, là-bas...

Il lui tapota gentiment le bras et partit en courant à la poursuite de Camille.

Il la rattrapa alors qu'elle pénétrait dans une ruelle. Au bruit de sa course, elle se retourna et l'attendit. Lorsqu'il parvint à sa hauteur, il voulut parler mais elle le fit taire d'un geste.

– Écoute-moi, Salim. Je vais rejoindre Edwin, Bjorn et les autres. Nous allons nous battre pour rejoindre les Figés et quand nous les aurons trouvés, je les éveillerai. Je sais que j'ai le pouvoir de le faire. Ce sera difficile, Gwendalavir est un monde que nous connaissons mal, et c'est un monde en guerre. Dans une semaine, je serai peut-être morte et si je survis, il y a très peu de chances que je revienne un jour.

– Je sais.

– Et tu veux tout de même m'accompagner ?

– Oui.

– Pourquoi ?

– …

– Tu ne veux pas m'en parler ?

Un ange passa et Salim réussit à briser le silence.

– Eh, ma vieille, tu crois vraiment que ta mère est vivante et qu'elle se sert du chuchoteur pour te parler ?

Camille sourit en caressant la bestiole au travers de sa poche.

– Je ne crois pas, j'en suis sûre.

– Génial ! s'exclama Salim avec conviction. Et si on y allait maintenant ? Plus rien ne nous retient ici.

– Si, une dernière chose à dire.

– Vas-y alors.

– Salim ?

– Oui ?

– Moi aussi !

Un grand sourire incrédule se peignit sur le visage du garçon, mais déjà Camille avait saisi sa main.

Il n'y eut aucun bruit.

Aucune lumière.

Dans la ruelle, il n'y avait plus personne.

GLOSSAIRE

Akiro Gil' Sayan

Nom alavirien de Mathieu Boulanger.

Akiro a quitté Gwendalavir lorsqu'il avait onze ans et n'a plus de souvenirs de ses origines. Fils adoptif de la famille Boulanger, âgé maintenant de dix-huit ans, il est passionné de peinture et inscrit aux Beaux-Arts de Paris.

Alaviriens

Habitants de Gwendalavir.

Alines

Pirates humains vivant dans l'archipel du même nom dans l'océan du Sud, les Alines pillent Gwendalavir depuis des siècles et interdisent à l'Empire de s'aventurer sur les mers.

Altan Gil' Sayan

Une des Sentinelles les plus puissantes de Gwendalavir. Il est le père d'Ewilan et d'Akiro.

Il a disparu en tentant de déjouer un complot contre l'Empire.

Bjorn Wil' Wayard

Bjorn, qui a trente-deux ans lorsqu'il rencontre Ewilan pour la première fois, a passé l'essentiel de sa vie à rechercher les quêtes épiques et à éviter les questions embarrassantes.

Cela ne l'empêche pas d'être un chevalier, certes fanfaron, mais également noble et généreux. Bjorn est un expert de la hache de combat et des festins bien arrosés.

Camille Duciel

Voir Ewilan Gil' Sayan.

Chuchoteurs

À peine plus gros qu'une souris, les chuchoteurs sont de petits rongeurs qui possèdent la capacité de faire le pas sur le côté. Ils sont utilisés par les dessinateurs accomplis pour transmettre des messages.

Coureurs

Oiseaux incapables de voler et hauts d'une cinquantaine de centimètres, les coureurs vivent dans les plaines alaviriennes où ils creusent de profonds terriers. Leur chair est un mets de choix en Gwendalavir.

Duom Nil' Erg

Analyste célèbre pour son talent et son caractère épineux, Duom Nil' Erg a testé des générations de dessinateurs, définissant la puissance de leur don et leur permettant de l'utiliser au mieux.

Ses capacités de réflexion et sa finesse d'esprit ont souvent influencé la politique de l'Empire.

Edwin Til' Illan

Un des rares Alaviriens à être entré, de son vivant, dans le grand livre des légendes.

Edwin Til' Illan est considéré comme le guerrier absolu.

Maître d'armes de l'Empereur, général des armées alaviriennes, commandant de la Légion noire, il cumule les titres et les prouesses tout en restant un personnage très secret.

Éléa Ril' Morienval

Cette Sentinelle, aussi puissante qu'Élicia et Altan Gil' Sayan, est une figure ténébreuse.

Son ambition et sa soif de pouvoir sont démesurées.

Son absence de règles morales en fait une redoutable adversaire.

Élicia Gil' Sayan

Élicia est la mère d'Ewilan.

Sa beauté et son intelligence ont failli faire d'elle l'Impératrice de Gwendalavir, mais elle a choisi d'épouser Altan.

Élicia et Altan ont disparu en tentant de déjouer un complot contre l'Empire.

Ellana Caldin

Jeune marchombre rebelle et indépendante.

Au sein de sa guilde, Ellana est considérée comme un prodige marchant sur les traces d'Ellundril Chariakin, la mythique marchombre.

Elle a toutefois conservé une fraîcheur d'âme qui la démarque des siens.

Ewilan Gil' Sayan

Nom alavirien de Camille Duciel.

Surdouée, Camille a de grands yeux violets et une forte personnalité. Adoptée pour son plus grand malheur par les Duciel, elle est en fait la fille d'Altan et Élicia, et possède le Don du Dessin dans sa plénitude. Quand elle retrouve l'Empire de Gwendalavir, il lui appartient de le sauver de la menace ts'liche.

Faëls

Les Faëls, alliés de l'Empire, vivent à l'ouest de la forêt de Baraïl. Ils forment une race éprise de liberté et d'individualisme. De petite taille, réputés pour leur souplesse et leur rapidité, ils sont de farouches combattants, ennemis héréditaires des Raïs.

Françoise Duciel

Mère adoptive de Camille. Françoise Duciel est une personne égocentrique, maniérée et suffisante.

Gobeurs d'Ombreuse

Lézards insectivores à la langue préhensile.

Gwendalavir

Principal territoire humain sur le deuxième monde. Sa capitale est Al-Jeit.

Hans

Soldat de l'Empire, sous les ordres de Saï Hil' Muran, seigneur de la cité d'Al-Vor.

Inspecteur Franchina

Inspecteur de police, chargé de l'enquête sur la disparition de Camille et Salim.

Ivan Wouhom
Marchand de graines alavirien, vivant dans la région d'Al-Vor.

Légion noire
Troupe d'élite de l'Empire.

Madame Boulanger
Mère adoptive de Mathieu.

Mademoiselle Nicolas
Professeur de français de Camille et Salim.

Maniel
Soldat de l'Empire sous les ordres de Saï Hil' Muran, seigneur de la cité d'Al-Vor. Maniel est un colosse au caractère doux et sociable.

Marcheurs
Créatures arachniformes hautes de plus d'un mètre, venimeuses et agressives, capables de faire le pas sur le côté.
Elles vivent dans la chaîne du Poll mais sont parfois utilisées par les Ts'liches pour accomplir des missions.

Marchombres
Les marchombres ont développé d'étonnantes capacités physiques basées essentiellement sur la souplesse et la rapidité.
Ils partagent une même passion de la liberté et rejettent toute autorité, même si leur code de conduite est très rigoureux.

Mathieu Boulanger

Voir Akiro Gil' Sayan.

Maxime Duciel

Père adoptif de Camille, Maxime Duciel est un homme d'affaires infatué et égoïste.

Mentaï

Guerrier au statut élevé dans la hiérarchie des mercenaires du Chaos et possédant le Don du Dessin.

Mercenaires du Chaos

Les mercenaires du Chaos vivent dans la clandestinité. Ils haïssent toute forme de loi autre que la leur et ont pour objectif final l'anéantissement de l'Ordre et de la Vie.

Ils sont l'un des grands dangers qui menacent l'Empire.

Merwyn Ril' Avalon

Le plus célèbre des dessinateurs. Merwyn mit fin à l'Âge de Mort en détruisant le premier verrou ts'lich dans l'Imagination et contribua à la naissance de l'Empire. Il est au cœur de nombreuses légendes alaviriennes.

Navigateurs

Les navigateurs utilisent leur Art pour faire avancer leurs bateaux à aubes, ces grands navires qui parcourent les fleuves alaviriens, principalement le Pollimage.

Paul Verran

Clochard parisien passionné de lecture.

Raïs

Aussi appelés les guerriers cochons par les Alaviriens. Race non humaine, manipulée par les Ts'liches et ennemie jurée de l'Empire, les Raïs peuplent un immense royaume au nord de Gwenda-lavir. Ils sont connus pour leur bêtise, leur malveillance et leur sauvagerie.

Rêveurs

Les rêveurs vivent en confréries masculines et possèdent un Art de la guérison dérivé du Dessin qui peut accomplir des miracles.

Saï Hil' Muran

Seigneur de la cité d'Al-Vor, Saï Hil' Muran commande les armées impériales dans les plaines du Nord face aux Raïs.

Salim Condo

Ami de Camille. Salim, d'origine camerounaise, est un garçon joyeux, doté d'une vitalité exubérante, et un gymnaste accompli.

Il est prêt à suivre Camille jusqu'au bout du monde. Ou d'un autre...

Siffleurs

Ongulés de la taille d'un daim vivant à l'état sauvage, mais également élevés pour leur viande et leur peau par les Alaviriens.

Sil' Afian

Empereur de Gwendalavir, Sil' Afian est un ami d'Edwin et des parents d'Ewilan. Son palais se trouve à Al-Jeit, la capitale de l'Empire.

Tigres des prairies

Redoutables félins dont le poids peut dépasser deux cents kilos.

Ts'liches

« L'ennemi ! » Race non humaine ne comportant plus que quelques membres. Des créatures effroyablement maléfiques.

Retrouvez l'univers de

LA QUÊTE D'EWILAN

sur le site :

www.lesmondesimaginairesderageot.fr

LA QUÊTE D'EWILAN

La première trilogie :

1. D'UN MONDE À L'AUTRE
2. LES FRONTIÈRES DE GLACE
3. L'ÎLE DU DESTIN

LES MONDES D'EWILAN

La deuxième trilogie :

1. LA FORÊT DES CAPTIFS
2. L'ŒIL D'OTOLEP
3. LES TENTACULES DU MAL

LE PACTE DES MARCHOMBRES

La troisième trilogie :

L'AUTEUR

Pierre Bottero est né en 1964. Il habite en Provence avec sa femme et ses deux filles et, pendant longtemps, il a exercé le métier d'instituteur. Grand amateur de littérature fantastique, convaincu du pouvoir de l'Imagination et des Mots, il a toujours rêvé d'univers différents, de dragons et de magie.

« Enfant, je rêvais d'étourdissantes aventures fourmillantes de dangers mais je n'arrivais pas à trouver la porte d'entrée vers un monde parallèle ! J'ai fini par me convaincre qu'elle n'existait pas. J'ai grandi, vieilli, et je me suis contenté d'un monde classique... jusqu'au jour où j'ai commencé à écrire des romans. Un parfum d'aventure s'est alors glissé dans ma vie. De drôles de couleurs, d'étonnantes créatures, des villes étranges...

J'avais trouvé la porte. »

L'ILLUSTRATEUR

Après les Arts décoratifs et une licence à la Faculté d'art de Strasbourg, Jean-Louis Thouard collabore avec de nombreux éditeurs. Il utilise à son gré la plume et le pinceau pour raconter et illustrer des histoires, sous forme d'albums illustrés, de romans, de bandes dessinées ou de dessins de presse. Jean-Louis Thouard vit actuellement près de Dijon. Pour en savoir plus, découvrez son site : www.lebaron-rouge.com

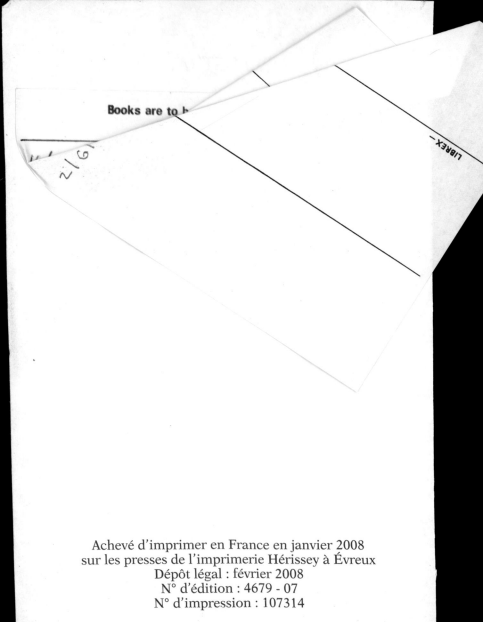

Books are to b

LIBREX—

2/6/

Achevé d'imprimer en France en janvier 2008
sur les presses de l'imprimerie Hérissey à Évreux
Dépôt légal : février 2008
N° d'édition : 4679 - 07
N° d'impression : 107314